Waltraud Puzicha

Der letzte Abschied

Trauergedichte

Dem Andenken meines Lebensgefährten

Dr. Hans Kittel

✝ 1. März 1991

Diese Gedichte können Frauen,
die ihren geliebten Lebens-
gefährten verloren haben,
Trost und Hilfe sein,
wenn sie allein trotz Trauer,
Schmerz und Einsamkeit die
unbarmherzigen Forderungen
des Alltags bewältigen müssen,
weil das Leben weitergeht.

Waltraud Puzicha

DER LETZTE ABSCHIED

Trauergedichte

ISBN 3-936176-00-0

Einbandgestaltung und Federzeichnungen: Relindis
www.relindis.com

Gehren 8, D-72221 Haiterbach
www.puzicha.ch
Druck: Förderverlag Florian Retsch, Haiterbach

Wenn ein geliebter Mensch stirbt, geht ein Riss durch die Schöpfung und teilt das Dasein in Diesseits und Jenseits. Der Schock ist stark, das Nichtbegreifen der vollzogenen Wandlung so ungeheuer, dass sie alles Normale sprengt und aus dem Alltag verdrängt. Eine Fortsetzung unseres Lebens kommt uns sinnlos, manchmal unmöglich vor, weil nie wieder etwas so sein wird, wie es in den glücklichen Zeiten der Gemeinsamkeit gewesen ist. Wir quälen uns von Tag zu Tag und empfinden immer stärker den Wunsch, dies Leben möge enden, damit wir Schmerz und Leid nicht länger ertragen müssen. Die einfachsten Dinge türmen sich zu Bergen, vor denen wir ratlos stehen mit dem Gefühl, sie niemals bewältigen zu können. Depressionen treten auf, die zu körperlichen Krankheiten führen können, wenn es uns nicht gelingt, aus den schwarzen Löchern herauszukommen.

> Seit du fortgegangen bist,
> wandle ich durch Sphären,
> wo es fremd und furchtbar ist
> und kann mich nicht wehren.

In dieser trostlosen Verlassenheit kommt immer wieder der Gedanke auf, der geliebte Mensch sei nur für eine Weile fortgegangen und müsste bald wiederkommen, weil er, der in Liebe mit uns verbunden war, gar nicht anders kann. Je größer die Liebe war, um so stärker wird aber auch der Wunsch, dem geliebten Menschen dahin zu folgen, wo er sich jetzt befindet, ganz gleich, wo immer das sein mag.

> Es gibt keinen Weg von mir zu dir,
> außer dem einen,
> der mich entführt dem Heute und Hier.
> Sonst gibt es keinen.

Wenn wir dann die Trennung begriffen haben, breitet sich Trauer aus, verdüstert die Tage und macht die Nächte zu einem schwarzen Abgrund.

> Das tiefste Leid erfahren wir durch
> diejenigen, die wir am meisten lieben.

Wir begreifen nicht nur den Tod des geliebten Menschen, sondern werden uns jäh auch der eigenen Sterblichkeit bewusst. Jetzt geht es darum, aus den Pfeilern des Abschieds eine tragfähige Brücke zu bauen, die unter dem Anprall der schmerzlichen Wogen nicht zerbricht. Nicht Vergessen ist das Problem, sondern Bewältigung. Wir wandern durch ein tiefes, dunkles Tal, von dem wir glauben, dass es nie zu Ende gehen wird. Wenn es uns gelingt, Trauer in Gesten zu lösen, Schmerz in Worte zu gießen und Lähmung in Taten zu verwandeln, haben wir die ersten Schritte der Bewältigung vollzogen. Der äußere Abschied muss in einen inneren umgewandelt werden, der uns bereit macht, uns auf das neue und nun völlig andere Leben einzulassen:

Jeden Tag bewusst zu leben,
bleibt nicht länger mir verwehrt.
Einfach atmen, nehmen, geben,
das hat mich dein Tod gelehrt.

Die Toten gehen nicht wirklich fort. Sie gehen uns nur voraus, indem sie Form und Richtung ändern. Wir bleiben unvollständig zurück und bereiten uns darauf vor, den gleichen Weg zu gehen.

Die Trennung ist vollzogen.
Mein Leben, fast vorbei,
steht noch als halber Bogen.
Nur du bist wirklich frei.

Aus dem halben Bogen wird nie wieder ein ganzer werden. Aber auch ein halber Bogen kann tragen und halten in diesem kurzen Erdenleben, wo wir die Zwiesprache fortsetzen:

Meine leisen Zeilen gleiten
in dein fernes neues Haus.
Unsre Liebe wird sich weiten
über deinen Tod hinaus.

Wenn wir mit unseren Toten in Liebe verbunden bleiben, kommen uns aus dem Jenseits starke Kräfte, die uns zu Handlungen befähigen, die wir nie für möglich gehalten hätten. Wir wachsen über uns hinaus und erfüllen eine uns durch den Tod gestellte Aufgabe. In stillen Stunden hören wir dann manchmal die Stimme des Vorausgegangenen, die uns sagt:

Sei ruhig und lasse vom Leben dich leiten.
Ich habe viel Zeit, und ich warte auf dich.

1

Wenn die Schatten länger werden

Sterben ist ein langwieriger
Vorgang. Der letzte Atemzug ist nur der
Punkt hinter einem langen Satz.

Wir sinken in den Tod wie in den
Kelch einer Blume, die sich um
uns schließt und für immer ihr
Geheimnis bewahrt.

IMMORTELLEN

Der dunkelste Mund
kann die Liebe beschreiben,
sprachlos und ohne Laut.
Die Nacht geht zu Ende.
Wir dürfen noch bleiben,
wenn uns der Morgen graut.

Wir spenden einander
verlässliche Tage,
Gegenwart fällt uns zu.
Die Tränen vertrocknet,
verschüttet die Klage.
Immer das dunkle Du.

Gespeist von den
unterirdischen Quellen,
lautlos und seltsam lind,
verwandelt in
blühende Immortellen.
Dennoch:
Die Stunde rinnt.....

DAS ALTER

Wenn die Schatten länger werden,
scheinen auch die Tage trüber,
und Erwartung geht darüber
wie mit zitternden Gebärden.

Was von allem bleibt nun deines?
Schon wird deine Zeit geringer.
Alter ist der Überbringer
eines leeren Totenscheines.

Einzusetzen sind die Daten,
wann und wo dein volles Leben
stockte, um still zu entschweben
mit dem letzten leisen Atem.

ES IST SPÄTER ALS DU DENKST

Lass' nun die Zügel schleifen,
du hast genug getan.
Dein Sprung durch Feuerreifen
wirkt ungeschickt und lahm.

Die Tränen sind vergossen,
Gefühle eingeschneit.
Es fehlen wenig Sprossen
bis hin zur Ewigkeit.

Ich weiß, du kannst noch scherzen
und übermütig sein;
doch fällt in alle Terzen
das Lied vom Abschied ein.

Und schon an manchem Orte
wird deine Wange fahl.
Dein Blick sagt ohne Worte:
Dies war das letzte Mal.

Wie kostbar werden Tage,
wenn man sie zählen kann.
So manche kleine Plage
erscheint erträglich dann.

Vorbei ist nun die Suche,
dem Kampfe folgt die Ruh.
Bald fällt im Lebensbuche
die letzte Seite zu.

Die Bäumchen, die du pflanztest,
sie werden Bäume sein.
Die Kinder, die du kanntest,
gedenken vielleicht dein.

Ein wenig hat die Erde
verändert ihr Gesicht
auch durch dein Stirb und Werde.
Vergeblich warst du nicht.

FROST

Sommertage liegen hinter
kaum erinnerlichem Glast.
Kahlverzweigt erstarrt der Winter
unter seiner eignen Last.

Hoffnungstrübe Stunden scheinen
auf der Stelle stillzustehn.
Sonne traut sich kaum, mit einem
Strahl darüber hinzugehn.

Eng und klein wie eine Kammer
wird die schöne große Welt,
wenn der Frost wie eine Klammer
Leben streng gefangen hält.

Im Geheimen keimt die Wende,
voll von neuer Wunderkraft.
Oder ist dies schon das Ende
unsrer kurzen Wanderschaft?

HINTER DEN FERNEN GEFILDEN
(zu einem späten Geburtstag)

Nähe und Ferne sind
nicht mehr geschieden
und deuten das Ende
gelebter Zeit.
Noch ist der
Wende Tag verhüllt.

Hinter den fernen
Gefilden blaut Frieden.
Ein Hauch von jenseits
streift die Zweisamkeit.
Ein Menschenleben
ist erfüllt.

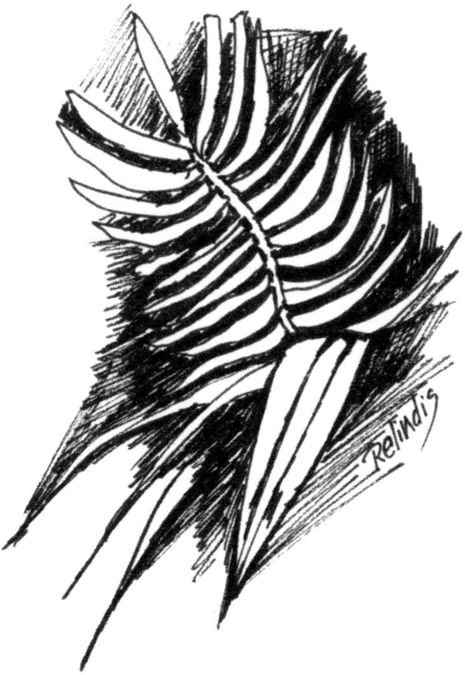

TROST

Dein Abschied wird die Welt verändern,
die mir wie eine Blume blüht.
Du willst, ich soll nicht in Gewändern
der Trauer gehen. Mein Gemüt

wird sich verdunkeln, wenn auch helle
und frohe Farben um mich sind.
Mir bleibt nur, der Erinn'rung Quelle
zu pflegen wie ein altes Kind.

Dein Teller wird (nicht aus Versehen)
am Tische sein. Dein Lieblingsglas
wird still an seinem Platze stehen,
und alles hat sein altes Maß.

Mein Tagwerk werd' ich dir berichten,
so wie es täglich jetzt geschieht.
Das wird die Trauer mild belichten,
die schwarze Rose, die uns blüht.

Wir müssen alles hier bezahlen,
was wir genießen. Ja, ich weiß,
das Schönste birgt die schwersten Qualen,
und Liebesglück hat seinen Preis.

Ganz innen werde ich dich sehen.
Das ist ein Trost im tiefsten Leid:
Die sich im Herzen nahestehen,
gehn auch im Tode nicht sehr weit.

DER DIRIGENT

Das Leben ein Orchester.
Wer ist der Dirigent?
Spannt eure Saiten fester.
Ein Lied, das keiner kennt,

hebt an in sanften Tönen,
rauscht auf und flutet hell,
sucht Trauer zu verschönen
und schwillt zuweilen grell.

Dann geht es eine Weile
wie durch ein langes Tal,
schwankt zwischen Rast und Eile
und hat doch keine Wahl.

Es kommt das große Wandern
schon vor dem letzten Satz.
Ein Spieler nach dem andern
räumt schweigend seinen Platz.

Ade nun Bruder, Schwester. -
Ein letztes Abendrot
beleuchtet das Orchester.
Der Dirigent heißt Tod.

AHORNBOTSCHAFT

Der hektische Fluchtkuss
des Seidenfalters
erschüttert den Ahorn.

Jede Botschaft ist wichtig,
jede Ader im Blatt
Geheimschrift des Lebens.

Der erloschene Tastsinn
ist schuld
am Verlust deiner Tage.
Noch immer versuchst du
mit hektischen Küssen
die Nacht zu betören.

Wenn du
die Geheimschrift
entziffert hast,
wirst du lächeln.

Sanft löst sich die Seele
wie ein vergilbtes Blatt
aus der Umarmung des Lebens.

2

Ohne dich das erste Jahr

Das Glück der Liebe ist sterblich.

Das Leiden an der Liebe geht

über den Tod hinaus.

Ein Mensch ist gestorben. Eine Seele hat ihre Wurzeln aus dem irdischen Erdreich gezogen und schwebt nun in unendlichen Räumen.

CHRONIK EINES TODES

Nach Hoffnung und Vertrauen
begriffst du wohl schon bald:
Die grünen Lebensauen,
sie wurden schwarz und kalt.

Du warst unendlich müde
und sprachst fast wie ein Kind
von Dingen, denen prüde
man nichts mehr abgewinnt.

Du wolltest etwas sagen,
das niemand mehr verstand.
Dann hielt ich ohne Fragen
noch lange deine Hand.

Viel Tränen sind geflossen,
als uns dein Tod berührt.
Die Lider fest geschlossen,
hast du es nicht gespürt.

In deinen letzten Zügen
hast du nichts mehr gewusst
von all den Hoffnungslügen.
Dein Kinn fiel auf die Brust.

Die weißen Taggespenster,
sie sahen auf die Uhr.
Mein Blick fiel durch das Fenster
hinaus auf die Natur.

Die Zeit, da du gegangen,
hat Nebel schwer gebraut,
die Hügel grau verhangen.
Ein Rabe krächzte laut.

Die Stille hing im Zimmer.
Ich war mit dir allein.
Da dachte ich noch immer:
Das alles kann nicht sein.

Wir trugen dich zu Grabe. -
Kämst du durch diese Tür,
ich gäbe, was ich habe
und noch viel mehr dafür.

Wo mag die Seele weilen?
Und fandest du zur Ruh?
Ich schreibe diese Zeilen,
und du schaust vielleicht zu.

ICH ZÄHLE DIE STUNDEN

Ich danke der Zeit, dass sie vergeht.
Wie hätte ich früher sie gerne gehalten,
um glückliche Tage mit dir zu gestalten.
Du bist gegangen. Das Glück ist verweht.

Ich danke der Zeit, dass sie verrinnt.
Ich zähle die Tage, ich zähle die Stunden,
die nicht mehr beglücken, die nur noch verwunden.
Müdes Vergehen. Und nichts mehr beginnt.

Ich danke der Zeit, die gar nichts versteht,
die taub ist für unsere Leiden und Freuden,
und ob wir sie nützen, verspielen, vergeuden.
Du brauchst sie nicht mehr. Und meine vergeht.

DIES TIEFE DUNKLE SCHWEIGEN

Nun kann es nichts mehr geben,
so groß wie diese Not.
Ich musste sie durchleben,
die Liebe und den Tod.

Die Welt hat sich verändert.
Aus jedem Rosenstrauß
wird Reisig, schwarz bebändert,
die Welt ein Totenhaus.

Mir kann nichts mehr geschehen,
was mich noch tiefer zieht.
Ob Bleiben oder Gehen
macht keinen Unterschied.

Verrauscht sind alle Feste,
der Sommer und das Glück.
Es bleiben nur noch Reste
Erinnerung zurück.

Nach soviel Licht und Segen
nun diese Dunkelheit
auf allen meinen Wegen.
Vorbei ist unsre Zeit.

Es werden Tage kommen,
an denen Sonne scheint.
Ich frage mich benommen,
wer mit mir lacht und weint.

Ich kann dir nichts mehr zeigen
von meiner Blütenpracht.
Dies tiefe dunkle Schweigen,
wer hat es je bedacht?

WAS BLÜTEN VOLLER ANMUT TRIEB

Versunken in den Gram der Nacht
verdorrt mein kranker Mund.
Es löst aus dem Verbund
sich still, was einst gescherzt, gelacht.

Was Blüten voller Anmut trieb,
ist wie im Frost erstarrt.
Noch nie traf mich so hart
die Faust des Todes wie ein Hieb.

Für manchen ist des Lebens Last
bedrückend und zu schwer,
die Tage kahl und leer,
die Nächte zum Ersticken fast.

Die Augen, wie vom Weinen blind,
sie starren heiß und rot.
Was endet solche Not,
wenn sie auf einen Ausweg sinnt?

Gedanken kreisen um dein Grab,
den wahren Ruheort.
Mich hindert nur das Wort,
das ich nicht meinte und doch gab.

DIALOG

Ich frage, wo bist du
so lange gewesen?
Ich warte seit Nächten
vergeblich auf dich.

> Du weißt doch, ich musste
> zuerst noch genesen
> von sehr schwerer Krankheit.
> Erinnere dich.

Ich sah deinen Tod,
dieses grausame Sterben,
das gnadlos zerstörte,
was ich einst besaß.

> Es war nicht ganz leicht,
> doch kein echtes Verderben.
> Als Sterbender misst man
> mit anderem Maß.

Du fragtest mich oftmals
nach dem, was ich tue,
wenn einst du für immer
gegangen wirst sein.

> Ich sehe, du quälst dich
> und kommst nicht zur Ruhe.
> Die Welt scheint dir sinnlos,
> das Leben nur Pein.

Wie lang' kannst du bleiben?
Ich fühl' mich verlassen.
In endlosen Nächten
verzweifle ich schier.

> Du solltest viel heiterer sein
> und dich fassen.
> Ich komme ja wieder
> und bleibe bei dir.

Es drängt mich, die Schwelle
schon bald zu beschreiten,
der Platz neben dir
ist der schönste für mich.

Sei ruhig und lasse
vom Leben dich leiten.
Ich habe viel Zeit.
Und ich warte auf dich.

EIN GANZ FRISCHER HÜGEL

Die blühenden Schalen
bedecken dein Grab.
Noch grob ist die Erde,
ein ganz frischer Hügel.
Vielleicht aber hat
deine Seele schon Flügel,
und du schaust gelassen
auf alles herab.

Forsythien sagen
ein gelbes Gedicht,
Aurikel versprühen
tiefleuchtende Farben.
Die Erde will nicht mehr
im Halbdunkel darben.
Im Frühling, da mag sie
das Farblose nicht.

Was *du* so geliebt hast,
es hängt in der Luft:
ein Sträußchen hier vorne,
die Blume dort hinten,
Narzissen und Veilchen
und viel Hyazinthen,
sie atmen, verströmen
den herrlichen Duft.

Und wenn ich das Liebste
der Erde auch gab,
die Sehnsucht des Herzens
hat niemals ein Ende.
Noch habe ich Atem,
noch habe ich Hände,
die bringen dir Blumen
und schmücken dein Grab.

EIN GANG OHNE DICH

Ich ging heut' über die Felder
bis dort, wo der Wald beginnt.
Wie winterlich doch die Wälder
am Nordhang im März oft noch sind!

Auf spärlichen Wiesen sprossen
die Stengel vom Knabenkraut.
Du hast dieses Bild genossen,
es war dir seit Jahren vertraut.

Der Wind strich über die Fläche,
ein einsamer Totenwind.
Im Tale rauschten die Bäche.
Ob wieder ein Frühling beginnt?

Die Bäume werden mich fragen,
wo *du* bist. Was sag' ich bloß?
Vermutung nur kann ich wagen:
Im Jenseits? Im irdischen Schoß?

Die Blumen wollen es wissen.
Es zu erklären fällt schwer.
Sie werden dich arg vermissen,
du liebtest sie alle so sehr.

Und sollte es Frühling werden
trotz allem, was uns geschah,
was tue ich noch auf Erden?
Warum bin ich hier und du da?

Wo du bist, möchte ich weilen.
Wenn wieder die Sonne scheint,
will ich den Platz mit dir teilen,
im Frühling für immer vereint.

DER WEG ZU DIR

Dass du für immer gegangen bist,
hat mich zerrissen.
Dass Liebe auch manchmal tödlich ist,
sollte man wissen.

Wie herzhaft haben wir oft gelacht!
Glückliche Jahre.
Aus Trübsinn hast du dir nichts gemacht.
Dir stand das Klare.

Im Grunde nahmst du viel mehr mit dir,
als nur dein Leben.
Was möglich war zwischen dir und mir,
wird es nicht geben.

Was möglich war und nun nicht mehr ist,
dieses Verneinen,
dass du für immer ein Schweigender bist,
lässt mich hier weinen.

Es gibt keinen Weg von mir zu dir,
außer dem einen,
der mich entführt dem Heute und Hier.
Sonst gibt es keinen.

WIE KONNTE MAN DICH UND MICH TRENNEN

Was ist mir vom Leben geblieben,
nachdem du dich daraus entfernt?
Ich habe das Leben beschrieben
und habe es dennoch verlernt.

Ich glaubte das alles zu kennen,
die Wirkung des Schattens, des Lichts,
wie schmerzhaft es sein wird, dies Trennen.
In Wirklichkeit wusste ich nichts.

Wer ließ in den Käfig mich sperren
und dich in den engenden Sarg?
Wer sieht mich am Gitter wild zerren
und fügte dies alles so arg?

Und wechsle ich einfach die Seite,
bist *du* dann für mich schon bereit?
Vielleicht ist im Jenseits die Weite,
die alles erlöst und befreit.

DER PREIS DES LEBENS

Uns ist ein sehr glückliches
Leben gelungen.
Wir hatten geglaubt, es geht
niemals zu Ende.
Ganz langsam nur kam sie,
die eisige Wende.
Um jeden Tag haben wir
einzeln gerungen.

Es gab zwischen Hoffen
und Bangen und Wunden
so sehr viele Dinge,
die maßlos entsetzten.
In jedem Tag sahen wir
manchmal den letzten
und zählten am Ende
Minuten und Stunden.

Was macht nur uns Menschen
so sinnlos besessen,
noch Leben zu zeugen
trotz all dieser Qualen?
Wir müssen den Preis
für das Hiersein bezahlen.
Auch wir hatten das
schon sehr lange vergessen.

Nach all diesem Glück
nun dies triste Entsagen,
der Schmerz und das Sehnen,
die einsamen Nächte
und nichts, was zurück dich
zu mir wieder brächte.
Wie lange noch soll ich
die Trennung ertragen?

UND STILLER FRIEDEN WEIT UND BREIT

Der Friedhof. Eine Welt für sich.
Kaum je ein lautes Wort.
Ich komme und geh' fort.
Du bleibst und wartest still auf mich.

Sonst wartete ich oft auf dich.
Das Leben trieb dich um
auf Wegen "holprig", "krumm",
so sagtest du. Die Zeit verstrich.

Du hast das Leben so geliebt.
Betrieb. Geschäftigkeit.
Du hattest niemals Zeit.
Nun hast du alle, die es gibt.

Der Friedhof. Eine Welt für sich.
Besucht hast du ihn nie.
Dass der hier liegt und die,
berührte dich nicht sonderlich.

Wir haben alle einmal Zeit
und liegen ruhig dort.
Kaum je ein lautes Wort.
Und stiller Frieden weit und breit.

SCHWARZ AUF VERGEBLICHEM GRUND

Schatten der Sehnsucht sind lang.
Lassen begreifen sie nicht.
Hoffen ist morsch und zerbricht;
Tage ziehn bleiern und krank.

Wund und verschwiegen der Mund.
Nächte verlieren den Sinn,
sinken nur trostlos dahin.
Schwarz auf vergeblichem Grund.

Warten wird triefender Hohn.
Zitternd im splitternden Licht
knittert ein sanftes Gesicht,
spiegelt den beinernen Ton.

Musste dies alles so sein?
Fragen wie Tropfen im Meer.
Einer fiel leise und schwer,
löschte dein Ja und mein Nein.

Wenn die Blumenkränze
auf den frischen Gräbern
verwelkt sind, beginnt
für die Hinterbliebenen
eine andere Jahreszeit.

WIRF DIE MÜNZE

"Aufrecht stehn", hast du gesagt,
"nicht freiwillig gehen".
Hast du dich wohl je gefragt,
was das heißt, dies "Stehen"?

Seit du fortgegangen bist,
wandle ich durch Sphären,
wo es fremd und furchtbar ist
und kann mich nicht wehren.

Kannst du wohl dies schwere Leid
wirklich nachvollziehen?
Diese Angst und Einsamkeit
mit dem Wunsch, zu fliehen?

Hätte mich der dunkle Tod
dir vorausgenommen,
hättest du dann diese Not
wirklich angenommen?

Tote ruhen friedlich aus.
Ohne Schmerz und Leiden
sind sie endgültig zu Haus.
Sie sind zu beneiden.

Kentern wird das schwache Boot
und im Winde treiben.
Wirf die Münze: Zahl ist Tod,
Bild bedeutet Bleiben.

SIE WISSEN VON NICHTS

Dass jeder von uns einmal sterben muss,
wissen wir alle und glauben es nicht.
Jeder von uns wähnt sich selber im Licht;
Gedanken des Todes bereiten Verdruss.

Dass jenseits von uns das Neue beginnt,
glauben wir, aber wir wissen es nicht.
Schmerzen und Trauer verstellen die Sicht;
der Glaube verwandelt uns wieder zum Kind.

Ein wenig närrisch ist all unser Sinn,
Glauben und Wissen, die Hoffnung, der Trost.
Wir werden wie Puppen bewegt und verlost,
und nicht nur am Ende, schon ganz zu Beginn.

Wir kennen noch kaum den Sinn des Verzichts,
aber wir waten darin bis zum Kinn.
Jeder von uns nimmt am Ende es hin.
Die Einfalt, die Weisheit, sie wissen von nichts.

STUMME WANDLUNGEN

Wir tranken die Farben
wie Nektar und Tau,
zurück blieb das farblose Bild.
Konturen verschwammen
zu schlierigem Grau.
Kein Übermaß wuchert mehr wild.

Wir griffen nach Sternen,
nichts schien uns zu hoch.
Sie ziehen die uralte Bahn,
die jeder von ihnen
vorzeiten schon zog.
Die Dämmerung brach aus dem Wahn.

Und was du zuletzt
noch verlierst und gewinnst,
entfällt der vertrockneten Hand.
Zerflattert ist
traumgraues Spinnengespinst;
du hast es einst Leben genannt.

DIES KLEINE FLECKCHEN ERDE

Ein kleiner Vogel hat wohl heut'
dein stilles, buntes Grab besucht.
Nach Würmchen hat er ausgelugt.
Ich weiß, das hätte dich gefreut.

Am Grabkreuz fand sich eine Spur,
wie sie bei Vöglein üblich ist.
Dass du nicht gar so einsam bist,
verhindert jetzt auch die Natur.

Dies kleine Fleckchen Erde bleibt
dir nun von all dem weiten Land,
das in dir den Besitzer fand.
Wie seltsam doch der Tod es treibt.

Er löst uns sacht von allem Gut,
das uns so sehr am Herzen lag.
Nicht Eigentum noch Pachtvertrag
vereiteln, was er mit uns tut.

Wir ruhen von Besitzes Last
zuletzt auf diesem kleinen Raum.
Vielleicht erscheint uns dann im Traum
ein Vögelchen als lieber Gast.

WIR WOLLEN ES DENNOCH

Das Leben ist grausam.
Sein Liebstes zu geben,
das ist wohl das Schwerste,
was wir hier erleben.
Ganz müßig erscheint mir,
dem Schicksal zu fluchen.
Brauchst Trost du und Hoffnung,
so gehe sie suchen.

Ein jeder von denen,
die wahrhaft hier lieben,
wird auch in den Mühlen
des Schicksals zerrieben.
Und wenn uns am Ende
Verzweiflung nur bliebe,
wir wollen es dennoch,
das Wagnis der Liebe.

Liegst du auf den Knien,
gefesselt in Ketten,
vermag dich nur menschliche
Wärme zu retten.
Von grausamen Mächten
erflehst du Erbarmen?
Gekreuzigte können
dich niemals umarmen.

Relindis

ICH FASS ES NICHT

Der harte Frost der letzten Nacht
zerstörte Frühlings Blütenpracht.
Die Blumen hatten ihm vertraut
und arglos in den Tag geschaut.

So traf auch mich der Schicksalsschlag,
den ich zu tragen kaum vermag,
weil unser Paradies zerbricht.
Warum? Wozu? Ich fass' es nicht.

Wo Liebe eine Welt erschafft,
vertraut sie der geheimen Kraft,
die das Verhängnis leicht bezwingt
und immer neue Blüten bringt.

Wenn sich das Unheil machtvoll staut,
ist sie es, die uns Wälle baut
als Schutz vor Einsamkeit und Not.
Und dennoch: Stärker ist der Tod.

Der harte Frost der letzten Nacht
zerstörte nicht nur Blütenpracht.
Auch du erfuhrst, wo du jetzt bist,
was stärker als die Liebe ist.

UM UNS STEHT SCHWARZES SCHWEIGEN

Im März bist du gegangen,
jetzt kommt der Monat Mai.
Ich bin noch tief befangen,
der Schmerz gibt mich nicht frei.

Wie konnte es geschehen,
dass man dich von mir trennt?
Ich weiß, nur du kannst sehen,
wie meine Seele brennt.

Ich suche täglich Wege,
die nicht ins Leere gehn
und finde schmale Stege,
auf denen kann ich stehn.

Ich kann nur stumm dir zeigen,
was in mir kämpft und schreit.
Um uns steht schwarzes Schweigen,
kein Echo weit und breit.

Wie weit bist du gegangen?
Vielleicht fehlt nur ein Schritt,
um zu dir zu gelangen,
zu enden, was ich litt.

In mir schwelt ein Verlangen,
das sich mit deinem trifft.
Du bist vorausgegangen.
Der Rest ist Blindenschrift.

SCHLAFE FRIEDLICH

Wenn ich durch die Tage gehe,
blühen Blumen, wächst das Gras.
Wenn an deinem Grab ich stehe,
wird die Trauer Übermaß.

Brennt der Wunsch, der leise, fromme,
wieder ganz bei dir zu sein.
Schlafe friedlich, bis ich komme.
Bald bist du nicht mehr allein.

EIN STARKES BAND

Der Kirchturm mit der blauen Uhr.
Die kurzen bunten Gräberreihen.
Ein wenig Gras wächst auf den freien,
noch nicht genutzten Stücken nur.

Aus Schmiedeeisen dieses Tor,
das ich fast täglich öffne, schließe,
wenn ich den Grabschmuck sorgsam gieße.
Der Glockenschlag fällt in mein Ohr.

Dies Grab gehört mir ganz und gar,
es ist ein Stück von meinem Leben.
Ich kann dir heute vieles geben,
das dir zuletzt noch wichtig war.

Am Abend ist der Friedhof leer.
Im Dämmer stehe ich oft lange.
Dann netzen Tränen meine Wange.
Der Abschied fällt mir immer schwer.

Was fremd und feindlich ich empfand,
ich lerne damit umzugehen
und fange an, es zu verstehen.
Auch Gräber sind ein starkes Band.

ALLEIN

Was ist im Getriebe fühlloser Zeit
ein liebendes Wesen allein?
Ein trauriger Torso, zerwühlt vom Leid.
Wie könnte es anders auch sein.

Mir ist, als wäre das Glück dieser Welt
für uns nur gemeinsam gemacht,
so lang' uns das Leben zusammenhält.
Tod stößt es in finsterste Nacht.

Wer glücklich gemeinsam durchs Leben ging,
für den kommt das Sterben zu früh.
Mag folgen was will, es scheint ihm gering,
die Trennung verwindet er nie.

Was von vergangenen Freuden noch lebt,
ist fast schon zum Sterben bereit.
Erinnerungsträchtiges Sehnen webt
ihm täglich ein düsteres Kleid.

Einsam und immer zum Gehen bereit,
oft wünschend, es wäre aus Stein,
das ist im Getriebe fühlloser Zeit
ein liebendes Wesen allein.

DIESE WANDLUNG

Manchmal mache ich mir Sorgen,
dass es vielleicht einsam ist
in der Welt, wo du jetzt bist.
Gibt es dort ein Heute? Morgen?

Du bist glücklich hier gewesen,
weil ich immer bei dir war.
Wieviel Tage zählt dein Jahr?
Kann man wirklich dort genesen?

Bald schon werde ich es wissen,
wenn ich wieder bei dir bin.
Auch der Tod bekommt nun Sinn,
weil er fügt, was jäh zerrissen.

Diese Wandlung letzter Dinge:
Tod ist etwas, wie mir scheint,
das für immer uns vereint
im unendlich weisen Ringe.

Wo wir sind, das ist kaum wichtig,
wenn wir nur zusammen sind.
Meine Zeit, sie rinnt und rinnt...
Alles ist nun gut und richtig.

DIE BRÜCKE, DIE UNS BEIDE TRÄGT

Du bist nach nebenan gegangen,
wo sich, mir noch ganz unvertraut,
novemberlich und mild verhangen,
dein neues Dasein Träume baut,

die sich mit meinem Sein verweben.
Ich fühle, du bist immer da.
Fast kann ich dir die Hände geben,
so sehr kommst du mir manchmal nah.

Mir ist erlaubt, mit dir zu sprechen,
doch bleibt dein Mund stets unbewegt,
als könnte Lautes sie zerbrechen,
die Brücke, die uns beide trägt.

Du hieltest nichts von Schmerz und Tränen.
Wie Seide wirkt sich Heiterkeit
durch meine schwarzen Trauersträhnen.
Mein Weg zu dir ist nicht mehr weit.

Du bist nur wie ein Hauch, ein Wehen,
getrennt von mir durch jene Tür.
Ich weiß, dir kann nichts mehr geschehen
und atme ruhig, nah bei dir.

VORAUSZUGEHEN IST EIN GLÜCK

Was wirklich Abschied nehmen heißt,
hast du im Leben nie erfahren,
und ich bin froh, wenn du nicht weißt,
wie bitter viele Stunden waren.

Vorauszugehen ist ein Glück,
das selbst wir niemals kennenlernen.
Wir bleiben hier im Leid zurück
und sehnen uns nach jenen Fernen,

wo uns die Ruhe heiter scheint
und wir uns mit dem Tod versöhnen,
bis uns das Jenseits sanft vereint.
Wie aber soll ich mich gewöhnen

an all den Schmerz, die Bitterkeit,
an die mit Harm gefüllten Tage
bis zu dem Tag, wo meine Zeit
zu Ende geht mit ihrer Plage?

Was dann noch Abschied nehmen heißt,
gleicht mehr Erlösung als Bedauern.
Wie gut, wenn du davon nichts weißt
und nichts erfährst von meinem Trauern.

ZEIT DER TRENNUNG

Lieben und Lassen,
das ist unser Leben.
Alles Gefügte
wird einmal entzweit.
Wenn wir das Liebste
der Erde hier geben,
macht sich die Trauer
fast unsagbar breit.

Trennung ist eine
der härtesten Stufen.
Nach einer kurzen
und leidvollen Zeit
sind wir zur ewigen
Ruhe berufen.
Du bist schon drüben,
und ich bin bereit.

UNSÄGLICH VERGEUDET

Du ahnst nicht, wie albern
die Welt sich verhält,
in der ich hier lebe,
an der ich noch webe.
Kaum einer, dem wirklich
sein Leben gefällt.

Unsäglich vergeudet
wird kostbare Zeit,
statt sinnvoll zu leben,
einander zu geben,
was Menschen hier brauchen
in Freude und Leid.

Als wäre sie kaum
einen Pfifferling wert,
wird Zeit hier verschwendet,
als wenn sie nie endet
und keiner sie schließlich
am Ende entbehrt.

Wie sinnvoll war unsre
gemeinsame Zeit,
von der ich nun zehre!
Denn was ich entbehre,
das schenkt dieses Leben
nur einmal zu zweit.

MEIN KLEINSTER GARTEN

Dein zeitlos-stilles Mich-Erwarten
säumt täglich alle meine Wege.
Dein Grab ist wie mein kleinster Garten,
den ich besonders zärtlich pflege.

Es ist wie ein geheimes Zeichen
allgegenwärtig, ohne Frage.
Ich weiß, ich werde dich erreichen
und geh' bewusster durch die Tage.

Nichts ist so sicher wie das Sterben.
Das Grab wird *unser* kleinster Garten.
Ein Heiles fügt sich aus den Scherben,
wir brauchen nur darauf zu warten.

DER FRÜHLING KOMMT SPÄT

Heute am Nachmittag
war ich bei dir.
Ich hielt es daheim
ganz einfach nicht aus.
Das Wetter war nasskalt,
ein wahrer Graus.
So ist es seit mehreren
Tagen schon hier.

Schneeregen fiel auf dein Grab,
nicht auf dich.
Da stand ich nun lange,
fröstelnd und arm.
Wo du bist, da ist es
vielleicht jetzt ganz warm.
Und dieser Gedanke,
er tröstete mich.

Der Frühling kommt spät
und fällt vielleicht aus.
Für dich war das Klima
immer zu kalt.
Du sagtest es oft:
"Hier werd' ich nicht alt."
Nun bist du geborgen
im ewigen Haus.

UNSER GARTEN

Der Schneeballstrauch beginnt zu blühen.
Bald wird der dir bekannte Duft
durch unsern schönen Garten ziehen.
Ein Hauch davon hängt in der Luft.

Der Fliederstrauch zeigt erste Triebe.
Du hast ihn mir noch eingesetzt
voll Sorgfalt und mit soviel Liebe,
bedacht, dass du ihn nicht verletzt.

Du hast ihn niemals blühen sehen.
Ich sage dir die Farbe an.
Du wirst die Dolden gut verstehen,
wenn ich sie dir beschreiben kann.

Die Kaiserkronen stehn noch immer
in ihrer vollen Blütenpracht.
Ihr eigenartig stolzer Schimmer
hat Freude dir so oft gemacht.

Clematis zeigt vom Frost zwar Schäden,
doch schätze ich, sie sind nur leicht.
Ich helfe ihr mit dünnen Fäden,
damit sie das Gestell erreicht.

Die Felsenbirne schimmert heiter
mit ihren Rispen, weiß wie Schnee.
Der rote Malus ist viel weiter
als sonst. Der Frost tat ihm nicht weh.

Die vielen selt'nen Koniferen,
sie blühen rot und gelb und grün.
Der Anblick musste uns erst lehren,
wie diese Koniferen blühn.

Die Hyazinthen mussten leiden,
der Frost hat viele abgeknickt.
Die werden nun dein Grab bekleiden.
Du hättest froh dazu genickt.

Die Palme steht auf der Terrasse.
Der Rhus ist leider noch ganz kahl.
Der Teppichphlox, du weißt, der blasse,
hat Blütenköpfchen ohne Zahl.

Der Eleagnus zeigt verhalten
schon seiner Blätter Silberpracht.
Ich will den Hang damit gestalten,
weil dir das große Freude macht.

Wie üblich war die Saat zu säen
in Schalen, dass sie keimen kann.
Den Rasen musste man schon mähen.
Der Mäher sprang auf Anhieb an.

Die Blümchenpracht, die kurz uns freute,
wich grünem Teppich, und der Schwund
war etwas, das uns niemals reute.
Schon bald wird alles wieder bunt.

Ich will dir alles alles zeigen!
Das wird das Wesentlichste sein
in diesem Frühlingsblütenreigen.
So sind wir beide nicht allein.

Nun will ich nicht mehr weiterschreiben,
denn dies Gedicht wird sonst zu lang.
Für heute lasse ich es bleiben.
Du nickst. Auch dafür herzlich Dank.

VERLIERER

Das Spiel ist aus. Der Vorhang fiel
und wird sich nie mehr heben.
Es war ein bittersüßes Spiel,
das Drama Tod und Leben.

Fast bis zum letzten Atemzug
hast du gekämpft, gerungen.
Und dennoch war es nicht genug,
der Tod hat dich bezwungen.

Wir alle spielen dieses Spiel,
weil wir nach Leben gieren.
Der Tod setzt uns das dunkle Ziel.
Wir können nur verlieren.

AM FRIEDHOFSEINGANG BLÜHEN ROSEN

Wie hat mir in des Lebens Tosen
vor Todesabschied oft gegraut!
Am Friedhofseingang blühen Rosen.
Der Tod ist mir schon fast vertraut.

Ich liebe diese stillen Gänge,
der Friedhof ist nicht gar so weit.
In meine traurigen Gesänge
mischt sich ein Hauch von Heiterkeit.

Warum ich diesen Platz nur scheute?
So viele Blumen blühen dort.
Der Friedhof ist, das weiß ich heute,
der schönste Fleck im ganzen Ort.

Dein Grab mit Liebe zu gestalten,
dafür bin ich fast täglich da.
Zwiesprache kann ich mit dir halten,
und nirgends bin ich dir so nah.

Hier spüre ich den sanften Schimmer,
der meine Tage leichter macht.
Wenn uns dies Grab vereint für immer,
ist unser Lebenswerk vollbracht.

IM HERZEN LEBEN

Jetzt weiß ich, was das heißt: Im Herzen leben.
So vieles lerne ich von Anfang an.
Ich kann dir Tage, Nächte, Stunden geben,
ein neues Leben, das für uns begann.

So oft ich in Gedanken bei dir weile,
bin ich nicht mehr so ganz und gar verzagt.
Du weißt, dass ich nun alles mit dir teile.
Ich lerne schnell. Du hast es oft gesagt.

Ich muss dich innig um Verzeihung bitten,
dass ich so lange schwach und mutlos war.
Doch hättest du die Trennung selbst erlitten,
du wüsstest und verstündest es sogar.

Fast wäre ich dir einfach nachgegangen
trotz meines Wortes, das ich dir noch gab.
Auch jetzt kreist dieses tiefe Todverlangen
in vielen Nächten ratlos um dein Grab.

Doch weiß ich nun, ich soll ein Denkmal bauen
für unsre Liebe und die Zeit danach.
Du kannst mir, wie im Leben, voll vertrauen,
gewiss, dass ich mein Wort noch niemals brach.

WEISSE LEVKOJEN

Weiße Levkojen entdeckte ich heute.
Voll Innigkeit habe ich deiner gedacht
und eilends sie gleich auf dein Grab dir gebracht,
weil mir bewusst war, wie sehr dich das freute.

Nach dem seit Wochen vergeblichen Warten
umschmeichelt dich wieder der herrliche Duft
und hängt wie Gedächtnis in kühlfeuchter Luft
zwischen dem Duft von ganz anderen Arten.

Was du dir wünschtest, war eher bescheiden,
nur das Beschaffen fiel manchmal nicht leicht.
Was immer du wolltest, du hast es erreicht.
Man wird dich im Jenseits noch darum beneiden.

ELEAGNUS COMMUTATA

Der Eleagnus steht in Blüte,
es duftet himmlisch weit und breit.
Dies war für dich die schönste Zeit,
doch mir hängt Schwermut im Gemüte.

Den Garten kann ich kaum noch pflegen,
und andre tun das jetzt für mich.
Ich misse es fast bitterlich
und schwanke zwischen Fluch und Segen.

So vieles hat sich nun gewendet.
Trotz Sonnenschein und Blütenpracht
geh' ich durch diese tiefe Nacht
und weiß nicht, ob sie jemals endet.

Wie gerne möchte ich noch bleiben
nur einen Sommer lang im Licht,
bevor mein Leben ganz zerbricht,
wie gerne neue Blüten treiben.

Der Eleagnus duftet leise.
Ich war so sehr um ihn bemüht.
Wenn er im nächsten Jahre blüht,
bin ich vielleicht schon auf der Reise.

DEINE BRIEFE

Mir ist, als lägen viele Jahre
der Trennung zwischen dir und mir.
Wo ist nur all das Wunderbare,
das uns geschah im Leben hier?

Ich gehe durch die selben Räume,
die wir gemeinsam lang' bewohnt.
Im Garten blühn die gleichen Bäume.
Doch alles fremd, nichts bleibt verschont.

Und was ich höre, klingt nicht heiter.
Es ist kein anderer Planet,
auf dem ich lebe und so weiter...
Man sagt mir, dass die Zeit vergeht.

Im Anfang dachte ich noch immer,
du bist für kurze Zeit verreist.
Jetzt wird das Warten täglich schlimmer,
mein Hoffen ist schon fast vereist.

Ist es denn möglich, dass du ferne
von mir so viele Wochen bleibst?
Und dass du mir (wie früher gerne)
jetzt nie mehr wieder Briefe schreibst?

Ach diese zärtlich-heit'ren Briefe,
für mich geschrieben und erdacht
(dass ich mich einst auf sie beriefe?)
nun lese ich sie Tag und Nacht.

So vieles ist von dir geblieben,
das meine Tage füllen kann.
Ich weiß, du wirst mich immer lieben.
Was finge ich denn sonst auch an?

AUS DEN ROSEN RINNT DIE ZEIT
(nach Richard Strauss: Metamorphosen)

Gestern - Heute. Und dazwischen
so viel unvertraute Nischen
einer klaren, kalten Nacht,
bis die Trauer, schwarz bebändert,
dumpf das ganze Dasein ändert,
wie aus langem Traum erwacht.

Langsam drehen sich die Spiegel.
Schonungslos zerbröckeln Siegel
unhaltbar zu rotem Staub.
Nirgendwo mehr eine Zinne,
und die ausgeraubten Sinne
werden wesenlos und taub.

Flechtengraue Tore schließen
ein, was wir für immer ließen;
aus den Rosen rinnt die Zeit
wie aus unheilbaren Wunden,
und die leeren, welken Stunden
ahnen schon die Ewigkeit.

DU WIRST NIEMALS EINSAM SEIN

Noch ist dies alles ganz neu für mich.
Ich muss nun so vieles erlernen,
um dich aus den schweigenden Fernen
zurückzuholen ganz innerlich.

Wie ich dir wieder ganz nah sein kann,
probiere ich nächtens oft Stunden.
Ganz leise verschließen sich Wunden,
als wenn darunter schon Heilung begann.

Sonnenschein wärmt jetzt dein Grab und mich.
Den Frühling erlebe ich heiter
und gebe ihn innen dir weiter,
bevor noch die letzte Primel verblich.

Keinen Tag lasse ich dich allein.
Ich will dich ins Irdische weben
und durch dich hindurch wieder leben.
So wirst du im Jenseits nie einsam sein.

KEINE STUFE

Warum kann ich nicht weiterleben,
wenn du ganz innen in mir bist?
Es muss doch eine Stufe geben,
auf der ein Leben möglich ist.

Ich kann dich hören, fühlen, sehen,
du bist mir immerzu ganz nah.
Und darum kann ich nicht verstehen,
was mit uns beiden hier geschah.

Es sei denn, alle Zeichen trügen,
ich hätte sie nur ausgedacht.
Die sich nicht in die Trennung fügen,
sind wohl für's Leben nicht gemacht.

NICHTS MEHR GESCHIEHT JETZT OHNE DICH

Es gab in meinem Leben Stunden,
in denen ich dich fast vergaß.
Dann schlug dein Tod mir tiefe Wunden
und setzte ein ganz neues Maß.

Denn was ich fühle, was ich sehe,
nichts mehr geschieht jetzt ohne dich.
Wohin auch immer ich nun gehe,
du gehst mit mir ganz innerlich.

Nichts kann uns voneinander trennen,
wenn eins im andern gültig ruht.
Trotz meiner Tränen, die noch brennen,
macht mir das Leben wieder Mut.

In Schmerz und Trauer an dich denken,
bringt mir Erinnerung zurück
und kann mich inniger beschenken,
als ein mir fremdes neues Glück.

Ich fange an, den Schmerz zu lieben,
weil er ein Glied der Kette ist,
durch das du mir im Tod geblieben,
durch das du mir verbunden bist.

Es gab in meinem Leben Stunden,
in denen ich dich fast vergaß.
Das habe ich noch nicht verwunden.
Jetzt bist du aller Dinge Maß.

ENDE DES GLÜCKES

Anfang des Glückes.
Der Wünsche gibt's viele.
Jeder davon hat
Gestalt und Gewicht.
Ende des Glückes
gemeinsamer Ziele
zeigt uns die Dinge
aus anderer Sicht.

Dies ist das Schwerste,
so will mir jetzt scheinen,
seit dieses andere
Leben begann:
Sich nichts mehr zu wünschen,
außer dem einen,
das nie mehr uns wieder
geschenkt werden kann.

VIELLEICHT IST DIES ALLES EIN BÖSER TRAUM

Der Tag ist heute viel weniger schwer
als manche vergangenen Tage.
Die Tränen, sie brennen nicht gar so sehr,
die Trennung scheint nur eine Sage.

Mir ist, als schrumpfe der trennende Raum,
als hörte ich wieder dein Lachen.
Vielleicht ist dies alles ein böser Traum,
aus dem wir gemeinsam erwachen.

UNSERE EBERESCHE

Die Eberesche weiß vor Dolden
sich nicht zu fassen, und die Luft
ist angefüllt mit ihrem holden
und einzigartig wilden Duft.

Du würdest dich jetzt niederlassen
in ihrer Nähe, hochbeglückt.
Kaum konntest du dies Wunder fassen.
Die Dolden hast du nie gepflückt,

denn sie verwelken in der Vase
in einem Tag und einer Nacht.
Auch hat ihr Duft dann für die Nase,
für deine, nicht mehr viel gebracht.

Es könnte fast so sein wie immer
in jedem Jahr zu dieser Zeit,
und auch die Nächte sind nicht schlimmer.
Doch eines fehlt zu meinem Leid:

Das sind die kleinen Honigbienen,
die diesen Baum seit je umschwärmt
und die in großer Zahl erschienen.
Der Anblick hat dein Herz erwärmt.

Es gibt so manches mir zu denken,
das jüngst sich erst verändert hat.
Wer wird uns neues Leben schenken?
Das alte ist verbraucht und matt.

Du hast die Bühne hier verlassen.
Was du versäumtest, ist nicht viel.
Ich werde in Geduld mich fassen,
denn bald bin wohl auch ich am Ziel.

ERSTE SOMMERTAGE

Mädesüß hat weiße Dolden,
Lieblingsblume Nummer zwei
mit dem Duft, dem würzig-holden.
Sommertage ziehn vorbei.

Diese stillen Sommertage
ohne dich das erste Jahr.
Noch versinke ich in Klage.
Nichts ist, wie es einstmals war.

Was zuletzt im Garten blühte,
hab' ich dir noch nicht gesagt:
Riesengroße Fingerhüte
haben vieles überragt.

"Digitalis", wirst du sagen,
"Herzgift", denn du wusstest gut,
ohne jemals nachzuschlagen,
was in vielen Pflanzen ruht.

Deine heit'ren Kommentare
fehlen mir fast jeden Tag
und das seltsam Wunderbare,
das in deinen Augen lag,

wenn du dich zu Pflanzen wandtest,
die du liebtest übers Maß
und wie kaum ein andrer kanntest.
Soviel Freude, soviel Spaß!

Immer konnten wir uns zeigen,
was im Herzen uns bewegt.
Jetzt durchdringe *ich* das Schweigen,
dir nur ist es auferlegt.

Meine leisen Zeilen gleiten
in dein fernes neues Haus.
Unsre Liebe wird sich weiten
über deinen Tod hinaus.

HECKENROSEN

Der Duft von wilden Rosen
würzt diesen Sommertag.
Der Bienen sattes Summen
steigt aus dem Rosenhag.

Es gibt noch Heckenrosen,
die überreichlich blühn.
Es gibt noch Schäfchenwolken,
die weiß am Himmel ziehn.

Nur unsre Zeit des Glückes
ist endgültig vorbei.
Trotz Rosenduft und Sommer
gibt mich der Schmerz nicht frei.

Die wilden Rosen blühen,
auch wenn wir nicht mehr sind.
Die Schäfchenwolken ziehen
im leichten Sommerwind.

Wir sind auf dieser Erde
nur kurze Zeit zu Gast.
Heut' hüllt mich ein in Trauer,
was du verlassen hast.

WO DU BIST, WEHT ES LIND

Heut' zaust ein starker Wind
die Friedhofsblumen fast zuschanden.
Du hast die Stürme überstanden.
Wo du bist, weht es lind.

Sie ist kein Paradies,
die Welt, in der als Gast wir leben,
und wahren Frieden wird's nur geben
für den, der sie verließ.

Dir kann nichts mehr geschehn.
Der Sturm rauscht in den Baumeskronen.
Mag er die kleinen Blumen schonen,
die auf dem Grabe stehn.

SOMMERTAG IM GARTEN

Nach viel Kälte, langem Warten,
zieht der Sommer ein im Garten.
In den Beeten sieht man schon
überall den roten Mohn.

Förmlich in der Sonne gleißen
die Päonien, die weißen.
Alle roten sind verblüht;
auch sie haben sich bemüht.

Lilablaue Glockenhüte
gehen auf dort, wo die Blüte
weißer Veilchen ist vorbei.
Jetzt blüht weiße Akelei.

Die bescheidenen Verbenen
muss ich unbedingt erwähnen.
Ihre Farben sind so klar
und die Leuchtkraft wunderbar.

Einen wilden Anblick bieten
diese vielen Margeriten.
Auch Kornraden wuchern wild,
herrlich blau, ein schönes Bild.

Rhododendron blüht nur spärlich.
(Letztes Jahr war er so herrlich
mit der satten Blütenlast,
die du noch gesehen hast.)

Wie ich sah bei manchem Gange,
gibt es blauen Lein schon lange.
Rittersporn und Baldrian
fangen erst zu blühen an.

Die Petunien in Kästen
schmücken Fenster stets am besten.
Üppig stehn in Konkurrenz
Iris und Impatiens.

Neben dunkelroten Rosen
blass und blau Skabiosen.
(Diese kamen von allein.)
Bunter kann es nicht mehr sein.

Mag dies alles auch noch zählen,
du wirst dabei immer fehlen.
Alles schaut und fragt nach dir,
doch du bist nun nicht mehr hier.

Mich macht froh, wenn in Gedichten
ich dir davon kann berichten.
So kannst du im Garten sein,
und der Garten bleibt auch dein.

VIELFALT

Vielfalt herrscht auf deinem Grab,
Vielfalt, wie in deinem Leben.
Ständig war es hier dein Streben,
dass es viele Arten gab.

Einfalt schien dir niemals gut,
ob im Garten, ob im Zimmer
(und im Geiste noch viel schlimmer.)
Manchmal braucht es dazu Mut.

Alles, was dein Grab nun schmückt,
ist nach deinem Wunsch und Willen
und soll deine Sehnsucht stillen
nach der Vielfalt, die beglückt.

BRANDMAL

Mir ist, als hättest du in stillen Stunden
mir dein Geheimstes anvertraut.
Ich lebe. Trotz der schmerzhaft-tiefen Wunden
wird meine Klage selten laut.

Nur wenig Menschen gibt es, die so lieben,
für sie dreht sich kein Rad zurück.
Von manchen Dichtern wurde es beschrieben,
dies bittersüße, tiefe Glück.

Durch diese Liebe, an der wir nun leiden,
war unser Leben niemals bleich.
Zum Brandmal wurde sie erst durch dein Scheiden.
Sie macht uns arm und reich zugleich.

Und doch, wir möchten sie auch dann nicht missen,
wenn sie uns selbst zerstören kann.
Und würden wir, was kommt, im voraus wissen,
wir nähmen es noch einmal an.

BEWEGT VOM SOMMERWIND

Heut' ist ein Sommersonntag,
wie's wenige nur gibt,
bei dreißig Grad im Schatten.
So hast du es geliebt.

Die Blumen aber darben
doch sehr auf deinem Grab,
obwohl ich ihnen reichlich
und öfter Wasser gab.

Die Nacht bringt etwas Kühle,
das wird erholsam sein.
Du sprichst vielleicht mit ihnen,
dann sind sie nicht allein.

All diese Blumen blühen
und haben ihre Zeit.
Und wenn sie still vergehen,
sind sie dazu bereit.

Wir mussten mühsam lernen,
dass auch wir sterblich sind.
Die Blumen nicken heiter,
bewegt vom Sommerwind.

Relindis

DEIN SOHN

Dein großer Sohn ist mir geblieben.
Du liebtest ihn. Er ist so gut.
Du würdest noch viel mehr ihn lieben
für das, was er jetzt für mich tut.

Wer sollte sich nicht glücklich preisen
bei soviel Liebe, die ihn trägt!
Mit deinen Zeichen, zarten, leisen,
hast du ihn lebenslang geprägt.

Er ist dein innigstes Vermächtnis
und stolz, dass du sein Vater bist.
Dein Fleisch und Blut und dein Gedächtnis,
ein Wesen, das uns nie vergisst.

Du weißt, wir sprachen oft wie Toren
von Kindern, jeder Ahnung bar.
Doch geht wohl Liebe nie verloren.
Nur war uns das nicht immer klar.

Dass ich die Zukunft nicht vergeude,
dafür sorgt jetzt dein großer Sohn.
In ihm lebst du zu meiner Freude
als unsrer Liebe schönster Lohn.

KEIN WEG DARAN VORBEI

Der Abschied ist vollzogen,
kein Weg daran vorbei.
Das Leben ist verbogen,
wie immer es auch sei.

Ob wir es laut beklagen,
ob wir ganz leise sind,
ob wir den Sinn erfragen:
Die Antwort weiß der Wind.

Und wo wir uns bescheiden,
bleibt es doch Selbstbetrug,
an dem wir wortlos leiden.
Das Glück kennt kein Genug.

DU LEBST HIER IN SO VIELEN DINGEN

Mir ist, als wärest du im Zimmer,
im Haus, im Garten, überall.
Auf allem dieser sanfte Schimmer,
durchbrochen ist der starre Wall.

Du lebst hier in so vielen Dingen,
dass du es kaum ermessen kannst:
In allen diesen Jahresringen
von jedem Baum, den du gepflanzt.

In unserm Sohn, der mir geblieben
als Stütze auf manch schwerem Gang,
in jedem Brief, den du geschrieben;
ich heb' ihn auf ein Leben lang.

In deinen Büchern, die noch Lehre
für Generationen sind.
Stolz sind auf dich und diese Ehre
noch lange Kind und Enkelkind.

In jeder Pflanze, der dein Staunen
zur Blütezeit besonders galt.
In allen ist jetzt dieses Raunen,
und manche sind schon ziemlich alt.

Sie haben deinen Weg begleitet
als Auswahl auf dem kleinen Raum,
der drüben sich unendlich weitet.
Wir ahnen es auf Erden kaum.

Du bist so eng mit mir verbunden,
wie es im Diesseits möglich ist.
Ich hab' den Weg zu dir gefunden,
so dass du mir stets nahe bist.

ZIELLOS

Was ist denn anders geworden?
Tage vergehen, und Arbeit gibt's viel.
Stille. Kein Überborden.
Noch gibt es Pläne, doch nirgends ein Ziel.

Was ich hier jetzt noch vollbringe
(einst war es leicht) ist nun mühsam und schwer.
Es sind noch die gleichen Dinge,
nur haben sie keine Bedeutung mehr.

EINE ANDERE WELT

Wir hatten uns eine Welt erbaut
abseits von allen Welten.
Wir waren einander so vertraut.
Nichts davon soll mehr gelten.

Woher erwächst mir noch soviel Kraft,
Neues daraus zu fügen?
An manchem Tag ist es fast geschafft,
öfter musst du mich rügen.

Sich aufzugeben war für dich Schmach,
wichtig, dass man gewinne.
Ich tue, was ich zuletzt versprach:
Leben in deinem Sinne.

FÜR MICH WIRST DU IMMER DAS WICHTIGSTE BLEIBEN

Du hast mit den dunkelsten Mächten gerungen
und konntest sie doch nicht besiegen.
Ich habe die Liebe, den Tod noch besungen,
nun will ich bald neben dir liegen.

Die Blumen auf deinem Grabe verbreiten
so kostbare Düfte im Winde.
Ich wollte dich überall hin begleiten
und weiß auch schon, wie ich dich finde.

Es gilt nur, die Spanne zu überbrücken,
schon sehe ich fern einen Schimmer.
Dann wird mich dein Lachen von neuem beglücken,
und alles wird sein so wie immer.

Ich spüre dein Lächeln, wenn meine Gedanken
dich zärtlich erfühlend umkreisen,
vorbei an den Stunden, den müden und kranken,
die unsere Trennung beweisen.

Gedenkst du noch dieser verspielten Geschichten,
die uns mit sehr vielem versöhnen?
Jetzt lebst du in meinen so ernsten Gedichten.
Wir werden uns daran gewöhnen.

Für mich wirst du immer das Wichtigste bleiben,
in zärtlicher Liebe verbunden.
So vieles noch will ich dir sagen und schreiben.
Vielleicht werden Narben aus Wunden.

ALLES IST UNGEWISS

Der schwankende Steg
zwischen Leere und Schwere
nach dem tödlichen Riss.
Ja, gibt es denn etwas,
das sicher wäre?
Alles ist ungewiss.

Wir werden uns an
diesen Zustand gewöhnen,
langsam und Stück um Stück.
Leben: das heißt auch,
sich still zu versöhnen
mit dem zerstörten Glück.

Nichts wird mehr wie
in den gemeinsamen Tagen,
sie erhielten uns jung.
Nun tragen wir schwer,
und wir werden getragen
von der Erinnerung.

GEWITTER

Schwüle lastet auf dem Garten.
Heute war ein heißer Tag.
Kennst du es noch, dies Erwarten,
wie es schwer auf allem lag?

Dunkelheit senkt sich verwegen
auf den hellen Sonnentag.
Wird der Wind sich wieder legen?
Komme es, wie's kommen mag.

Donnergrollen aus der Ferne
rückt jetzt näher Stück um Stück.
Regen hätte ich schon gerne,
dies Gewitter ist ein Glück.

Und schon prasselt es hernieder,
macht den dürren Rasen nass.
Dieser Regen füllt auch wieder
das ganz leere Regenfass.

Blitz und Donner, ein Vergnügen,
weil das bitter nötig war.
Du nicht einmal würdest rügen,
wie es regnet. Wunderbar.

Herrlich frisch fühlt sich der Garten.
Alle Pflanzen atmen auf
nach der heißen Zeit, der harten.
So nimmt alles seinen Lauf.

Unsere Gewitterstunden
werden immer in mir sein.
So bin ich, mit dir verbunden,
bei Gewitter nie allein.

NOCH IMMER SCHEUE ICH DIE ORTE

Ich hatte es mir vorgenommen:
Heut' sollte großer Einkauf sein.
Ganz anders ist es dann gekommen:
Ich kaufte kurz im Dorfe ein.

Nur einen Gruß von kurzer Dauer
an deinem Grabe plante ich,
wo mich in auswegloser Trauer
dann wieder das Gefühl beschlich:

Der Gang wird mir nur Schmerz bereiten.
Mir wurde wieder einmal klar,
wie schön in den vergang'nen Zeiten
der Einkaufsbummel mit dir war.

Noch immer scheue ich die Orte,
die uns gemeinsam oft gesehn.
Wir machten niemals große Worte
um dieses glückliche Verstehn.

Auf allem lag der warme Schimmer
verständnisvoller Zweisamkeit.
Ich weiß, das ist vorbei für immer.
Erinnerung. Vergangenheit.

Liebe schließt das ewige

Schweigen auf und verleiht den

Toten eine Stimme

EFEU

Die Birke nahe deinem Grab
ist ganz vom Efeustrauch umschlungen.
So wie der wilde Efeu hab'
ich mich durch deinen Tod gerungen.

Was diesem Efeustrauch gelang,
soll mir am Ende auch gelingen.
Noch ist die Seele bleich und krank
und oft verzagt in diesem Ringen.

Noch hält der Schmerz mich tief im Bann.
Die Zukunft zeigt vielleicht Erbarmen,
und meine Seele darf dich dann
so wie ein Efeustrauch umarmen.

DER SOMMER SCHREITET LANGSAM FORT

Dein Grab ist mir schon so vertraut
und auch der Weg, der zu ihm führt.
Am Wegrand blüht Johanniskraut,
sehr gut gepflegt, wie sich's gebührt.

Die Eidechse schrak heftig auf.
Ich denke mir, sie nahm wohl g'rad,
was oft sie tut im Tageslauf,
auf deinem Grab ein Sonnenbad.

Sonst war es still und heut' sehr warm.
Die Blumen aber halten sich
und haben alle ihren Charme.
Ich goß sie fast schon feierlich.

Der Sommer schreitet langsam fort,
was man auch an den Gräbern sieht.
Dein Grab ist immer noch der Ort,
zu dem es mich am stärksten zieht.

Man sagt mir: Hab' Geduld und Kraft,
und alle Wunden heilt die Zeit.
Wie oft hab' ich mich aufgerafft,
aus diesem dunklen Tal von Leid

hinauszuschreiten in ein Licht,
das stärker als die Sehnsucht ist.
Da stehe ich und kann es nicht,
weil du mit mir verkettet bist.

DIESE HEISSEN SOMMERTAGE

Mich macht traurig, dass du diesen
letzten Sommer nicht erlebtest
nach dem Frühling, einem miesen
von der Art, bei der du bebtest.

So ganz anders kam es wieder,
als auch ich betrübt mir dachte.
Selten nur fiel Regen nieder,
trocken war's, die Sonne lachte.

Diese heißen Sommertage
waren ganz nach deinem Herzen.
Sind für dich sie eine Sage,
oder kannst du sie verschmerzen?

Du schwebst jetzt in andern Weiten,
und vielleicht sind dir beschieden,
wo du bist, für alle Zeiten
sanfte Wärme, süßer Frieden.

Ich muss gießen, gießen, gießen...
Manche Pflanzen möcht' ich tauchen,
dass sie frisch und munter sprießen.
Deine Hilfe könnt' ich brauchen.

EIN STRAUSS VOM RUNDBEET

Ich habe heute einen Strauß
vom Rundbeet mit Bedacht geschnitten.
Den trug ich gleich zu dir hinaus.
Auf deinem Grab steht er inmitten

der sommerlichen Blumenpracht
und wirkt verspielt dort und sehr heiter.
So hatte ich es mir gedacht.
Dies zarte Spiel bringt uns jetzt weiter.

So vieles ist mit mir im Bund.
Ich kann schon manches klarer sehen.
Die Seele, noch verletzt und wund,
muss ungebahnte Wege gehen.

Die Vögel sind vertraulich zahm,
auch wenn sie mich ganz nahe sehen.
Als ich zu deinem Grabe kam,
blieb eine Amsel ruhig stehen.

Der Friedhof, dieser Ruheort,
ist abgewandt von allem Schrillen.
Die Stille und die Schönheit dort
sind ganz nach deinem Wunsch und Willen.

Das Diesseits ist dir noch vertraut
mit allem, was du hier gestaltet.
Du sprichst mit mir, wie ohne Laut
ein Schmetterling die Flügel faltet.

WIR WISSEN NICHTS VON JENEM ORT

Heut' war ich nicht an deinem Grab,
der Gang zum Friedhof unterblieb.
Im Hause und auch sonst noch gab
es heute viel zu viel Betrieb.

Du weißt, ich bin so gern bei dir,
und du verstehst es deshalb gut,
dass deine Seele ganz in mir
auch fern von deinem Grabe ruht.

Das Grab birgt deine Hülle bloß,
das, was es von dir nicht mehr gibt.
Auch dieses hab' ich grenzenlos
und voller Zärtlichkeit geliebt.

Nachdem die Seele jenseits nun
in andrer Form ihr Sein begann,
weißt du vielleicht von meinem Tun
viel mehr, als ich erahnen kann.

Wir wissen nichts von jenem Ort.
Vermuten dürfen wir zwar viel
von Lohn und Strafe und so fort.
Auf jeden Fall sind wir am Ziel.

Du hast das Leben sehr geliebt,
die Katzen und vor allem mich.
Wo's Lohn für solche Liebe gibt,
muss mir nicht bange sein um dich.

Der Glaube ist ein dürres Reis,
das unsern Tod nicht übersteht.
Wie gut, wenn unsre Seele weiß,
dass Liebe nie verloren geht.

NACHTKÄTZCHEN

Hier geht es nachts auch jetzt stets zu,
wie noch zu deinen Zeiten.
Ich schrecke manchmal aus der Ruh'
von überlautem Streiten.

Nachtkätzchen streifen um das Haus
und finden Leckerbissen.
Das Futter stelle ich hinaus,
dass sie dich nicht vermissen.

Und manchmal gibt es Katzenkrieg,
Gefauche, schrille Laute.
Ich aber weiß von keinem Sieg,
und wer so laut miaute.

Die Bröckchen sind halt so beliebt,
und manches Kätzchen lauert
am Ende irgendwo betrübt,
auch wenn man dies bedauert.

Sie ist kein Paradies, die Welt,
nicht einmal nachts für Katzen,
wenn es auch mancher wohl gefällt,
am Näpfchen still zu schmatzen.

Vielleicht sind da, wo du jetzt bist,
viel glücklichere Wesen,
wo eines nicht das andre frisst.
Hier ist es wie gewesen.

GEHEIMNISVOLLE STRÖME

Ganz ohne jede Stockung fließen
die Ströme zwischen dir und mir.
Gemeinsamkeit, die wir verließen,
lebt als Erinnerung noch hier.

Du hast den besten Teil bekommen,
wo du bist, gibt es keine Not.
Ich kämpfe noch, wenn auch benommen,
um vieles (nicht um's täglich Brot).

Schon wieder gibt es Pläne, Ziele,
wie es in deinem Sinne ist
und dir ganz zweifellos gefiele.
(Vielleicht auch noch, wo du jetzt bist?)

So werden wir nun leben müssen,
getrennt und doch zutiefst vereint.
Ich kann nur noch dein Grabkreuz küssen
und habe dabei nicht geweint.

Du streichst mit deinen schmalen Händen
mir kühlend über das Gesicht.
"Nun muss sich alles alles wenden..."
aus deiner und aus meiner Sicht.

Auch im finstersten Tal

kann es geschehen, dass Liebe

einen breiten Lichtstrahl auf unseren

Lebensweg wirft und uns die Richtung

anzeigt, die unsere Trauer beendet.

ICH FINDE NUR NOCH SCHLICHTE WORTE

Mein Wörterschatz ist fast dahin.
Ich finde nur noch schlichte Worte.
Verschlossen ist die bunte Pforte,
doch grausam-klar dafür mein Sinn.

Der Schmerz ist wie ein schwarzer See.
Die Fantasie geht still am Zügel.
Zu Bergen werden schwache Hügel,
und was ich fühle, tut sehr weh.

Was hinter einem Wort beginnt,
wird sich vielleicht schon bald mir zeigen.
Die nächste Stufe wäre Schweigen,
wo Worte nicht mehr gültig sind.

EIN HALBES JAHR DANACH

Ein halbes Jahr ist nun vergangen,
seit unser Glück wie Glas zerbrach.
Noch immer geht dir das Verlangen
der Sehnsucht täglich schmerzhaft nach.

Noch immer kann ich kaum begreifen,
dass unsre Trennung wirklich ist,
wenn mich die leisen Zeichen streifen,
durch die du mir sehr nahe bist.

Und gäbe es nicht diese Bilder
von deinem Ringen mit dem Tod,
der Schmerz bedrückte mich wohl milder.
Sie aber sind ein Tiefenlot.

Dein Abschied war so bitter-ärmlich,
dass er noch jetzt im Raume steht,
der Tod so elend und erbärmlich,
dass dieses Bild mir nie vergeht.

Es war für mich das erste Sterben,
das ich bewusst und voll erlebt.
Still schloss sich über grauen Scherben
ein Vorhang, der sich nie mehr hebt.

Mein Schicksal hat sich krass gewendet.
Ich bin zum ersten Mal allein
und weiß, bis hier mein Leben endet,
wird nichts mehr so wie früher sein.

DEINE ZEIT UND MEINE ZEIT

Ein Heimchen sang sein kleines Lied
am Friedhofseingang wie zum Gruß.
Ein Weilchen stockte da mein Fuß,
und Frieden zog in mein Gemüt.

So vieles hat wie sanfter Trost
in letzter Zeit sich eingestellt.
Die Bitterkeit in mir zerfällt,
wenn mich der Sommerwind umkost.

Noch ist die Trauer tief und groß,
doch sinnlos ist mein Leben nicht.
Der schwarze Vorhang, eng und dicht,
geht auf und lässt mich langsam los.

Die Tage sind wie ausgetauscht.
Es teilt sich die Gemeinsamkeit
in deine und in meine Zeit.
Ich spreche zärtlich, und du lauschst.

Fast ist es, wie es immer war,
nur hattest du hier meist das Wort.
Ich ließe es dir gern auch dort,
wo du jetzt bist auf immerdar.

DAS SCHILD BLEIBT AN DER TÜR

So lange es mich gibt,
wirst du hier mit mir leben.
Dies Haus hast du geliebt,
es soll dir Heimat geben.

Mein Haus ist auch dein Haus,
die Heimstatt unsrer Siege.
Hier gehst du ein und aus,
bis ich im Grabe liege.

Das Schild bleibt an der Tür,
das Schild mit deinem Namen.
Das heißt: Du wohnst noch hier
und bleibst hier wohnen. Amen.

NOCH WISSEN WIR ES KAUM

Ich ohne dich auf Erden?
Das fandest du gewagt.
"Was soll nur aus dir werden",
hast du so oft gesagt.

Du solltest recht behalten.
Der Schnitt war fast zu tief,
noch etwas zu gestalten,
das nicht im Sand verlief.

Was ist mit mir geschehen,
als mich dein Tod gestreift?
Ich wollte mit dir gehen,
doch meine Seele reift.

Ich lerne mühsam leben.
Ein Leben andrer Art
wird es nun für mich geben.
Fast scheint es mir zu hart.

Du wirst mich stets begleiten,
denn deine Seele lebt
und wird mein Wirken leiten,
zutiefst mit mir verwebt.

Was wird aus mir nun werden?
Noch wissen wir es kaum.
Ich gehe hier auf Erden
befangen wie im Traum.

NOCH IMMER

Ein halbes Jahr verging nun schon.
Noch kommt fast täglich Post für dich.
Du wirst verlangt am Telefon.
Das macht die Tage schwer für mich.

Noch immer sucht man deinen Rat,
und man erklärt mir's lang und breit.
Man brauchte dich hier in der Tat,
du aber schweigst für alle Zeit.

Die Welt geht weiter ohne dich,
doch fehlst du hier in vieler Sicht,
das sagen viele, nicht nur ich,
und ohne dich geht manches nicht.

EIN ZAGHAFTES LIED AN DIE FREUDE

Das junge Pflänzchen Freude keimt
mir zaghaft im Gemüt.
Die Sonne scheint. Es blüht.
Ich fühle, wie sich manches reimt,

was hoffnungslos zerfallen schien.
Die Sonne meint es gut.
Ganz winzig kleine Glut
steht auf und sucht am Docht zu ziehn.

Vielleicht wird innen wieder hell,
was schwarz verhangen war,
was fremd und sonderbar
versiegen ließ den Freudenquell.

Vielleicht gelingt das junge Spiel
trotz aller Seelenqual.
Aus einer Jahreszahl
wird etwas... mehr... und vielleicht viel.

Du bist so ganz und tief in mir,
durchziehst mein ganzes Sein.
Ich sage nicht mehr nein.
Auch Freude ist ein Weg zu dir.

ZEIT, DIE ICH NOCH BRAUCHE

Was kann ich heute für dich tun?
So frage ich mich jeden Morgen.
Du darfst dir meine Hände borgen.
Was du gewollt, geschehe nun.

Kein Tag, der nicht mit dir begann.
Ich wünschte mir, du könntest sehen,
wie viele Dinge hier geschehen,
und was ich schon für dich ersann.

Du wirst zufrieden mit mir sein,
wenn ich aus Zeit, die ich noch brauche,
in ewige Gefilde tauche,
die unser sind statt mein und dein.

DIESER KLEINE FUNKE

Leben, dieser kleine Funke,
scheidet Sein und Nichtsein hier
und entscheidet, was zum Trunke
uns gereicht wird, dir und mir.

Drüben glimmt der Funke scheuer.
Liebesglück ist uns verwehrt,
dieses stete Freudenfeuer,
das uns Schicksal hier beschert.

Alle Kreatur will leben,
und auch du bist halb noch hier,
zarte Fäden zu verweben
durch Erinnerung in mir.

Leben, dieser kleine Funke,
brennt in mir noch hell und rot,
und berauscht vom Lebenstrunke,
bin ich für dich Wein und Brot.

Liebe ist das Flutlicht,

das unser Leben so hell macht,

dass wir alle Details im Herzen

und auf der Haut spüren

wie Sommerwind

an einem rauen Wintertag.

ICH WILL DIR MEINE WÄRME GEBEN

Was wissen wir schon von den Toten?
Ihr Schweigen ist vielleicht gerecht.
Noch niemals sandten sie uns Boten,
und keine Nachricht war je echt.

Nur tief im Herzen sie erfühlen,
wenn ihre Ewigkeit beginnt,
bewahrt sie vor dem blassen, kühlen
Vergessen, dem sie nahe sind.

Nur in uns können sie noch leben,
durch uns noch eine Weile sein.
Ich will dir meine Wärme geben,
denn ich bin hier noch immer dein.

Mein Leben will ich mit dir teilen
viel inniger als je zuvor.
Noch lange sollst du hier verweilen.
Ich hol' zurück, was ich verlor.

Wenn es nach meinem Willen ginge,
bliebst du bei mir bis ganz zuletzt,
und wir sind beide guter Dinge.
Dein Platz wird niemals neu besetzt.

Auch meine letzte Zeit im Leben
ist angefüllt bis an mein Grab
mit dem, was ich in diesem Streben
dir immer schon gegeben hab'.

NEUE SAITEN

Leben dürfen, atmen, lachen,
Sonne spüren auf der Haut,
Dinge tun, die Freude machen,
Töne hören, Vogellaut,

diese Selbstverständlichkeiten,
die mich früher nur gestreift,
spannen nun ganz neue Saiten.
Wie das nach dem Herzen greift!

Abschied nehmen hier von allen
Möglichkeiten, die es gibt,
kann wohl niemandem gefallen,
so lang' eins das andre liebt.

Aber auch allein gelassen,
fällt es noch unendlich schwer,
diese Schatten zu erfassen,
dieses vage Ungefähr,

das uns auf der andern Seite
seit Beginn bereitet ist
in der unbekannten Weite,
wo auch du nun heimisch bist.

Einmal kommt der Tag für jeden.
Ist mein Leben auch gelebt,
bin ich doch mit vielen Fäden
immer noch dem Sein verwebt.

Jeden Tag bewusst zu leben,
bleibt mir länger nicht verwehrt.
Einfach atmen, nehmen, geben,
das hat mich dein Tod gelehrt.

EIN LIEBER GAST

Ein Eichhörnchen war heut' zu Gast
in unserm bunten Garten.
Von Baum zu Baum, von Ast zu Ast
sah man es munter starten.

An mir ist es vorbeigeflitzt,
ganz nah bei meinen Füßen.
Die Äuglein haben so geblitzt,
als wollte es mich grüßen.

Ganz ratlos schaute es zuletzt,
als wenn ihm etwas fehle.
Vielleicht lebt auch im Eichhorn jetzt
ein Stück von deiner Seele.

DU BIST EIN WUNDERBARER WEGGEFÄHRTE

Ich denke jeden Abend innig dein
und denke dein an jedem neuen Morgen.
Du kennst schon alle meine neuen Sorgen.
Nur selten fühle ich mich noch allein.

Und wenn du wirklich noch nicht alles weißt,
im Lauf des Tages will ich es erwähnen.
Wir kommen gut voran mit unsern Plänen.
Wenn ich es sage, weißt du, was das heißt.

Ich habe mutig Schritt um Schritt gewagt.
Seit mir die Dinge wieder Freude machen,
ist mir, als hörte ich dich leise lachen.
Du schätztest niemals hier, was zagt und klagt.

Ich kann dich jetzt unendlich gut verstehn
und finde überraschend neue Spuren.
Du bist in vielen Dingen und in Uhren,
die anders und in deinem Sinne gehn.

Ich suchte ängstlich nach dem Weg zu dir,
verzweifelnd, wenn dein Schweigen lange währte.
Du bist ein wunderbarer Weggefährte
und stehst noch übers Grab hinaus zu mir.

DER LETZTE AKT

Nie war ich für dich eine Rose,
doch der Levkoje kam ich nah.
Nur wenig Ernst und sehr viel Pose
umgab schier alles, was geschah.

Du schwärmtest, statt für große Damen,
mehr für ein Wildgewächs wie mich
und gabst mir immer neue Namen.
Es war ein schönes Spiel für dich.

Ich war für dich die Kuckucksblume
und eine wilde Orchidee.
Mir bleiben, wie zu deinem Ruhme,
noch manche, bis auch ich vergeh.

Kein Wunder, dass ich dich vermisse.
Wie Kinder haben wir gespielt.
Für mich steht nur noch die Kulisse.
Ich tue, was mein Herz befiehlt

und führe dieses Spiel zu Ende,
allein und ohne deinen Part.
Es ist die absolute Wende.
Der letzte Akt wird kurz und hart.

DER NEUE TON

Wenn uns der Tod vom Liebsten scheidet,
was bleibt uns dann zu allerletzt?
Man duldet traurig, seufzt und leidet.
Wie ärmlich wirken Worte jetzt.

Und doch gibt es so viel zu sagen,
das uns zum Jenseits Brücken baut
und hilft, die Trennung zu ertragen,
für uns noch neu und unvertraut.

Und können wir in Worte fassen
(wie unbeholfen es auch klingt,
weil wenige nur wirklich passen)
wie uns der Stern des Glückes sinkt,

dann bleiben wir mit dem verbunden,
wovon der Tod uns grausam schied.
Schon mancher hat ihn so gefunden,
den neuen Ton im Lebenslied.

Er ist fast wie ein warmer Regen,
der zarte junge Knospen bringt.
Sei dankbar, wenn zu deinem Segen
dir dieser neue Ton gelingt.

ANFANG SEPTEMBER

September hat erst angefangen,
und viele Blätter fallen schon.
Ein herbstlich-weher Unterton
ist in den Sommer eingegangen.

Der wilde Wein steht längst gerötet
im Schmucke seiner Blätter da.
Und was mit unserm Phlox geschah?
Die Dürre hat ihn fast getötet.

Rudbeckia kämpft um ihr Leben
und kommt nicht ohne Gießen aus.
Sonst lebte sie in Saus und Braus,
der Regen hat ihr Kraft gegeben.

Levkojen blühen unermüdlich
in Schalen ganz dem Haus entlang,
in Kästen, auf der Fensterbank.
Ihr weicher Duft ist fast schon südlich.

Geranien, so schön wie immer,
Scavaeolen sind auch da,
die neue Zentradenia.
Es ist ein farbiges Geflimmer.

Tagetes, Salvien, Verbenen,
die Fuchsien in ihrer Pracht,
Petunien, aus Samt gemacht,
sie alle muss ich noch erwähnen.

Die weißen Rosen leuchten herrlich
bis in die Dämmerung hinein.
Noch schöner könnten sie kaum sein
und auch dies Bild noch edler schwerlich.

Die andern Rosen blühen spärlich.
Ich weiß, es macht dir wenig aus.
Begeistert hat kein Rosenstrauß
dich je. Das sagtest du ganz ehrlich.

Du schwärmtest nicht für das Gezähmte.
Auf weiche Düfte kam es an,
wie Mädesüß und Baldrian,
Levkojen, die ich schon erwähnte.

Impatiens und Margeriten,
Stiefmütterchen, die ständig blühn,
sie lohnen alle meine Mühn.
(Stiefmütterchen sind jetzt umstritten.)

Man muss sie ganz besonders pflegen,
dann blühen sie das ganze Jahr.
Sonst sind sie jeden Eifers bar
und möchten sich zum Sterben legen.

Nur was ich Tag für Tag begieße,
steht frisch in voller Blütenpracht,
die dir und mir noch Freude macht,
wie ich aus vielen Zeichen schließe.

Wenn ich in unserm Garten wandle,
ist meine Sehnsucht grenzenlos,
und sie erreicht dich noch im Schoß
der Erde, wenn ich schreibend handle.

Du gehst mit mir durch diesen Garten
fast wie durch einen bunten Traum,
und deine Seele füllt den Raum,
den von mir für dich ausgesparten.

Ich denke, du wirst gerne bleiben
in diesem kleinen Paradies,
das nur dein Körper hier verließ.
Schon bald will ich dir wieder schreiben.

ALLEIN IN DIESER KLEINEN STADT

Heut' fragten alle Mauern
der dir bekannten kleinen Stadt,
die unser Glück gesehen hat,
wo *du* bist. Mit Erschauern
erzählte ich von deinem Tod.
Nie wirst du hier mehr gehen,
erleben, was die Stadt dir bot,
Geschäfte, Häuser sehen.

Ich gab den Mauern zu verstehn,
den Rest von meinen Tagen
wird man mich ohne dich hier sehn.
Sie sollten nicht mehr fragen.
Ich werde um dich trauern,
allein in dieser kleinen Stadt,
die soviel Glück gesehen hat
in ihren alten Mauern.

Leid pflügt den Acker der Seele,

damit er fruchtbar werde

für die Saat der Liebe.

NOCH HÄLT DER GARTEN MICH GEFANGEN

Lavendel ist nun schon geschnitten.
Fast ist das Gartenjahr erfüllt,
ein Jahr, das mich in Trauer hüllt.
Nun habe ich es bald durchschritten.

Im Laubengärtchen blüht es spärlich.
Der Sonnenschein, gedämpft und mild,
verklärt des schönen Herbstes Bild.
Den Sommer spürt man nur noch schwerlich.

Die Kissenastern, fest geschlossen,
erwarten ihre blaue Zeit.
Für sie ist es nun bald so weit!
Doch du hast Astern nie genossen.

Du schwärmtest mehr für Frühlingsblüher,
die jung und voll Verheißung sind.
Wie schnell die Blütezeit verrinnt!
Kurz war der Sommer hier auch früher.

Die Cassia hat jetzt erst Blüten.
Natürlich ist das viel zu spät,
und weil sie Frost nicht widersteht,
muss ich sie ganz besonders hüten.

Sehr viele Pflanzen werden sterben,
wenn ich jetzt gehe, kurz nach dir.
Gern blieb' ich noch ein Weilchen hier,
damit sie nicht so bald verderben.

Noch hält der Garten mich gefangen,
und wie ich mit Erstaunen seh',
braucht mich so manches mehr denn je.
Das dämpft auch dein Nach-mir-Verlangen.

DIE ERSTE HERBSTZEITLOSE

Im Garten blüht noch manche Rose,
die ihre Pracht nicht gern versteckt.
Doch auch die erste Herbstzeitlose
hab' zufällig ich heut' entdeckt.

Der Herbst gebärdet sich sehr milde
und mutet fast wie Sommer an.
Die Pflanzen aber sind im Bilde,
dass das nicht lange gehen kann.

Ein Leben lang vermag zu sehen,
wer hier zum Sehen ist bereit.
Nur langsam lernen wir verstehen:
Ein jedes hier hat seine Zeit.

Wir lebten unsern Herbst der Liebe
in glücklicher Gemeinsamkeit.
Und frage ich, was mir noch bliebe
nach Trennungsschmerz und tiefstem Leid,

seh' ich, wie lang wir glücklich waren
und weiß, wenn ich es überdenk':
All dieses Glück, das wir erfahren,
es war im Grunde ein Geschenk.

ICH SPRECHE LEISE MIT DEM WIND

Der Wind ist weich wie deine Hände
und voll geheimer Zärtlichkeit.
Er kühlt die schmerzhaft-lohen Brände
mit einem Hauch Vergangenheit.

Nichts kann dich jemals mir ersetzen,
weil nichts mit dir vergleichbar ist.
Doch lerne ich so manches schätzen,
durch das du mir sehr nahe bist.

Ganz unbewegt bleibt zwar das meiste.
Ich spreche leise mit dem Wind.
Vielleicht weiß er, der weit gereiste,
wie innig wir verbunden sind.

Liebe zaubert uns

den Himmel auf Erden

und lässt uns beim Abschied

barfuß durch die Hölle gehen.

SPÄTE LEVKOJEN

Wie sonderbar! Levkojen wollen
auf deinem Grab nicht recht gedeihn.
Beim Haus blühn sie noch aus dem vollen,
auf deinem Grab gehn sie schon ein.

Ich spreche jetzt mit einer jeden,
bevor ich sie hier schneiden muss.
Die schönsten will ich überreden,
zu dir zu gehn als lieber Gruß.

Zwar blühen sie dann nicht mehr lange,
und ihre Tage sind gezählt.
Doch Blumen ist gewiss nicht bange,
wenn man zum Schnitt sie auserwählt.

In einer hohen Vase schmücken
sie nun am Ende doch dein Grab,
Levkojen, die dich so beglücken.
Ich bring' dir alle, die ich hab'.

WER WIRD MICH JETZT WÄRMEN

Du fehlst mir so sehr.
Wie soll ich nun ohne dich leben?
Begonnen hat die dunkle Jahreszeit.

Ich werde frieren.
Ich werde leiden.
Ich werde so namenlos einsam sein,
wie ein Gebirge aus Eis.

Ohne Liebe zu leben,
ob das wohl möglich ist?

Ich irre umher
wie ein verstoßenes Waisenkind
in einem Wald aus Winter,
und es dämmert bereits.

Wer wird mich jetzt wärmen?
Wer wird mich jetzt trösten?
Wer wird bei mir bleiben
Jahr und Tag und Tag und Nacht?

Alles, worum Menschen Gott bitten,
hast du für mich getan,
und ich musste dich
nicht einmal darum bitten.

BALD IST ES AUCH FÜR MICH SO WEIT

Das Elend ist sehr groß und tief
am Ende meines Lebens,
und alle Mächte, die ich rief,
beschwor ich wohl vergebens.

Verbraucht die mir gemäße Zeit,
die Tage kann ich zählen.
Bald ist es auch für mich so weit,
ich muss mich nicht mehr quälen.

Die Blumen sind noch voller Pracht.
Ein herbstlich-kühles Wehen
bereitet ihnen Tag und Nacht
das endliche Vergehen.

Auch ich bereite mich nun vor
zu meinem letzten Gange.
Geöffnet ist das dunkle Tor,
es dauert nicht mehr lange.

Ich weiß nun, wie unendlich hart
es jene trifft, die bleiben.
Was sich mit meiner Trauer paart,
lässt sich nicht mehr beschreiben.

Vorbei. - Lebt wohl. Ein letzter Gruß
soll hiermit euch erreichen.
Ich stehe schon mit einem Fuß
in meinen neuen Weichen.

Ihr werdet, wenn die Form zerbricht,
vielleicht mich kurz vermissen.
Wohin ich gehe, weiß ich nicht.
Nie wird es einer wissen.

FREUNDESGRUSS

Zum Geburtstag schmückt dein Grab
ein Gesteck von treuen Händen,
das dir liebe Freunde senden,
die es immer für dich gab.

Wie Erinnerung noch brennt!
Grüße soll ich dir bestellen
aus dem Leben, aus dem Hellen,
von dem noch kein Jahr dich trennt.

Wenn hier auch die Zeit vergeht,
du wirst unvergessen bleiben,
und ich werde es beschreiben,
bis der letzte Hauch verweht.

EIN GEBURTSTAGSSTRAUSS

Dieser schöne Blumenstrauß
zum Geburtstag ist gekommen,
und ich hab' ihn angenommen,
denn du bist nicht mehr zu Haus.

Ich bedankte mich für dich
und erfuhr dabei aufs neue
soviel Liebe, soviel Treue
auch als sanften Trost für mich.

Du kommst niemals mehr zurück
von der allerletzten Reise
und wohnst hier auf eine Weise,
weit entfernt von unserm Glück.

Dennoch haben Freunde jetzt,
die zutiefst dir sind gewogen,
dich ins Leben einbezogen,
und du wirst geliebt, geschätzt.

Blumen, dir noch zugedacht,
stehen nun in bunter Frische
auf dem dir bekannten Tische.
Schlafe, Liebling. Gute Nacht.

NEBEL HÜLLT UNS EIN

Liegt ein Grab in Nebelschwaden,
kaum erkennbar die Kontur.
Stand ich heut' an diesem Grabe,
oder träumte ich es nur?

Stiller Friede. Dieser Nebel
schluckte noch den letzten Laut,
und der karg geschmückte Hügel
schien mir fremd und doch vertraut.

Wächst uns aus den Nebelwänden
eine neue Wirklichkeit?
Wer kann sie noch unterscheiden,
deine Zeit und meine Zeit?

Alles fließt hier ineinander,
schemenhaft und ungewiss.
Jenseits schon von Schmerz und Klage
überbrückt es jeden Riss.

Nebel hüllt uns ein in Schweigen
und erinnert uns gelind
an die allerletzten Dinge,
die schon nicht mehr wichtig sind.

WIE EIN WEISSES TOTENHEMD

Flocken fielen weich und dicht
schon seit Tagen auf dein Grab.
Diese schwere Fülle gab
ihm ein anderes Gesicht.

Weggewischt des Sommers Pracht.
Nirgends Farbe. Und kein Duft
in der feuchten, kalten Luft
hat mir heute Trost gebracht.

Jetzt im fahlen Dämmerschein
ist mir dieser Friedhof fremd.
Wie ein weißes Totenhemd
hüllt der Schnee die Gräber ein.

Du bist einsam so wie ich.
Meine stille Zärtlichkeit
sucht den Weg zu dir. Die Zeit
wandelt sich nun auch für mich.

Flocken fallen weich und dicht
immer weiter Tag und Nacht.
Lange hab' ich nachgedacht,
was uns trennt. Ich weiß es nicht.

Der Tod ist ein Tor,

hinter dem das Ungewisse

auf uns wartet.

Alle, die vor uns gingen,

haben dieses Tor durchschritten.

DEZEMBER

Dezember ist's. Die Kälte klirrt,
doch Sonne übergießt dies Bild.
Hab' ich mich in der Zeit geirrt,
weil ich nicht weiß, was davon gilt?

Die Kälte geht durch Mark und Bein,
die Sonne aber tröstet mich.
Du bist bei mir. Ich bin allein.
Das alles scheint mir wunderlich.

Dezember ist's. Ich bin verwirrt.
Noch bin ich hier, und du bist dort.
Die Welt vereist. Die Kälte klirrt.
Ich bliebe gern und sehn' mich fort.

TIEF UNTER SCHNEE UND EIS

Nun liegt dein Grab verlassen
tief unter Schnee und Eis.
Und doch kann ich nicht fassen,
was ich seit langem weiß.

Die Trennung ist vollzogen.
Mein Leben, fast vorbei,
steht noch als halber Bogen.
Nur du bist wirklich frei.

So vieles wird geschehen.
Ich muss, was in mir ringt,
nun ohne dich bestehen,
was mir vielleicht gelingt.

Ich mühe mich zu leben,
so gut ich es vermag
und suche dir zu geben,
woran dir soviel lag.

Der Winter wird vergehen,
auch er hat seine Frist.
Bald werde ich verstehen,
wie fern *und* nah du bist.

Ob wir uns wiederfinden?
Und was bedeutet Zeit?
Der Tod wird uns verbinden
für alle Ewigkeit.

ABSCHIED VOM LEBEN

Mein Leben bröselt und zerfällt.
Du schickst mir täglich neue Boten.
Mehr als in Räumen dieser Welt
beweg' ich mich im Reich der Toten.

Ich räume zögernd meinen Platz,
der mir einst wunderbar erschienen.
Was könnte hier noch als Ersatz
für deine stete Nähe dienen?

Zwar werde ich nicht einsam sein,
viel Liebe wird auch mir gegeben.
Kaum jemals bin ich ganz allein,
und doch zerfällt mein müdes Leben.

In manchen Stunden ist mir so,
als wolltest du mich wiederhaben.
Ich bin gefasst, doch niemals froh,
leer stehn der Liebe süße Waben.

Vielleicht ist auch mein Weg noch weit. -
Und doch ist mir bei vielen Dingen,
als hörte ich in letzter Zeit
das Lied vom Abschied in mir klingen.

VORWEIHNACHT

Die Weihnachtsstimmung ist gedämpft,
wie es das bei uns niemals gab.
Ich hab' mich durch den Sturm gekämpft,
den Berg hinauf, bis an dein Grab.

Da stehe ich und bliebe gern
an diesem Platz, wo du jetzt weilst.
Für mich gibt's keinen Weihnachtsstern,
wenn du das Fest nicht mit mir teilst.

Die schwarzen Wolken hängen schwer,
und düster droht der nahe Wald.
In mir ist alles kalt und leer,
ich fühle mich unendlich alt.

Ich weiß, du kommst nun niemals mehr,
die Zeit mit dir, sie ist vorbei.
Das dulde ich fast ohne Wehr
und bin doch nie von Qualen frei.

Was dir und mir zuletzt geschah,
schwebt als Verhängnis über mir.
Bist du mir fern? Bist du mir nah?
Ich weiß nur, du bist nicht mehr hier.

DIE ERSTE WEIHNACHT OHNE DICH

So hab' ich Weihnacht nie gekannt,
ein Fest in tiefstem Schmerze.
Kein Stern in meinem Seelenland,
kein Schein von einer Kerze.

Rings um mich Lichter, Weihnachtsschmuck
und frohes Kinderlachen.
Nichts mildert diesen harten Druck,
um Freude zu entfachen.

Erst jetzt erlosch ein Kindertraum,
der mir so lange blühte.
Ein kalter Hauch zieht durch den Raum,
der mir im Herzen glühte.

Für dich gibt's keine Weihnacht mehr,
kein Lachen und kein Staunen,
nur dieses vage Ungefähr
aus Flüstern und aus Raunen.

Der Engel Chor ward Grabgesang,
die Töne sind verklungen.
Noch nie schien mir die Zeit so lang,
von Bitterkeit durchdrungen.

Die Nervenenden sind entblößt,
und Trost hat mich gemieden.
Noch bin ich völlig unerlöst
und finde keinen Frieden.

So hab' ich Weihnacht nie gekannt,
der Zauber ist vergangen.
Kein Engel nimmt mich an die Hand
und trocknet meine Wangen.

AN DER JAHRESWENDE

Zu Ende ist das alte Jahr,
das schwerste meines Lebens.
Nichts ist so, wie es einstmals war,
und Tränen sind vergebens.

Der Weihnachtsbaum steht noch geschmückt
im warmen Schein der Kerzen.
So viele Menschen sind bedrückt
von Sorgen und von Schmerzen.

Ich fühle dieses tiefe Leid,
wie nie in andern Jahren.
Vorbei ist jene lange Zeit,
in der wir glücklich waren.

Die Grausamkeiten dieser Welt,
die unheilvollen Schatten,
uns war der Blick dafür verstellt,
weil wir einander hatten.

Nie wieder kommt ein neues Jahr
voll Glauben und Vertrauen,
in das wir beide froh und klar
und voller Hoffnung schauen.

DIE SCHATTEN WERDEN SCHWER UND LANG

Ich war bei dir am Nachmittag.
Der Friedhof war ganz still und leer.
Ein Schatten tiefer Schwermut lag
auf deinem Grab. Fast ein Jahr her

ist nun der Tag, der schwarze Tag,
der deine Zeit von meiner schied.
Ganz leise, fast unhörbar zag,
erklingt in mir ein andres Lied.

Ein fremder Laut, der nie erklang
in unserer Gemeinsamkeit.
Die Schatten werden schwer und lang,
und in mir ist es still und weit.

Ein Jahr fast wartest du auf mich.
Unendlich lang war dieses Jahr,
das wie ein welker Kranz verblich
und immer neuen Schmerz gebar.

Gewiss reichst du mir deine Hand,
wenn meine Seele zu dir fliegt.
Ich sehne mich nach jenem Land,
das jenseits aller Schatten liegt.

EIN NEUER FRÜHLING

Ein neuer Frühling für uns beide!
Schneeglöckchen hat ihn angesagt.
Beim Friedhof zeigt die Kätzchenweide
die ersten Knospen. Unverzagt
bin ich zu deinem Grab gegangen,
auf dem nur Koniferen stehn.
In mir wächst täglich das Verlangen,
es wieder duftig-bunt zu sehn.

So manches könnte ich dir bringen!
Ich fürchte nur, der Frühling hat
mit diesem Winter noch zu ringen.
Die Sonne scheint nur kurz und matt.
Die zarten Blumen würden frieren
und bald vielleicht erfroren sein,
statt mir zum Trost dein Grab zu zieren.
Die Jahreszeit, sie sagt noch nein.

Und dennoch, bald erblühen wieder
viel Blumen, die du so geliebt,
ertönen helle Vogellieder,
wie es sie nur im Frühling gibt.
Ich werde oft am Grabe stehen,
das dann in bunter Fülle liegt.
Die letzten Wintertage gehen.
Der Frühling kommt. Das Leben siegt.

EIN GUTER TAG

Die Bäume zeigen erstes Grün.
Ein Hauch von Frühling macht mich kühn,
die Tage anders zu belichten
und von Erfolgen zu berichten.

Du wärest jetzt sehr stolz auf mich,
weil ich - wie früher - umsichtig
die nicht ganz leichten Dinge lenke
und dabei immer dein gedenke.

Der Freundeskreis, er bleibt zwar klein,
doch niemals bin ich ganz allein.
Erst jetzt bin ich mir ganz im klaren,
wer deine Freunde wirklich waren.

Der Mut ist nicht mehr blass und zag.
Heut' ist ein wirklich guter Tag
nach vielen, die mir trüb verglommen.
Ich werde noch zum Friedhof kommen.

Du wartest sicher schon auf mich.
Viel Zartes sag' ich inniglich,
weil leise Glocken in mir klingen.
Ich will dir Chrysanthemen bringen.

Die Nächte sind noch immer kalt,
doch ändert sich das wohl schon bald.
So vieles wird sich leise wenden
und unsre Trauer sanft beenden.

Das blühende Leben.

Farben und Duft.

Und mitten darin der Tod,

diese dunkle Frucht,

die unserem Sterbetag

unaufhaltsam entgegenreift.

Ein Mysterium ohnegleichen.

ENDE FEBRUAR

Es ist noch immer Februar.
Ich bin allein in unserm Garten,
wo wir den Frühling jetzt erwarten.
Nun ist es schon ein ganzes Jahr,
dass du uns still verlassen hast
und ich voll Sehnsucht an dich denke.
Des Gartens kostbare Geschenke
sind mir an manchem Tage Last.

So vieles wäre jetzt zu tun,
von dem nur du und ich noch wissen.
Stets werde ich dich hier vermissen
und möchte selbst nun gerne ruhn
nach dieses Lebens harter Last,
wie du in jenem andern Garten,
wo unsre Seelen sich erwarten.
Hier bin ich nur ein trüber Gast.

EIN DENKMAL FÜR DIE DAUER

Heut' suchten wir den Grabstein aus,
ein Denkmal für die Dauer
weit über deinen Tod hinaus.
Noch ist mein Herz voll Trauer.

Ein Schmuckstück für dein schönes Grab.
Es hätte wohl von allen,
die ich mir angesehen hab',
am besten dir gefallen.

Wie lange wohl mag dieser Stein
auf deinem Grabe stehen?
Noch wacht er über dir allein.
Gern würde auch ich gehen.

Für immer sind wir dann vereint.
Dies letzte Glück auf Erden,
es wird uns beiden, wie mir scheint,
nun bald beschieden werden.

Nach dieses Lebens Glück und Not
zusammen tief zu schlafen
in Frieden, das schenkt nur der Tod,
der letzte gute Hafen.

ERSTER MÄRZ 1992

Am Waldrand liegt noch immer Schnee. -
Vor einem Jahr bist du gegangen.
In mir schwelt ständig dies Verlangen
nach deiner Nähe und tut weh.

Stiefmütterchen hab' ich gebracht
und Hyazinthen und Narzissen
in Schalen, weil wir beide wissen,
dass dieser Gruß dir Freude macht.

Bald ist es vielleicht wieder kalt,
und unsre Freude wird erlahmen.
Ich sage mir, in Gottes Namen,
dann sterben diese Blumen halt.

Du weißt, wie ich dies sonst vermied.
So vieles ist in mir ermattet,
und tiefe Trauer überschattet
jetzt alles, was hier noch geschieht.

Still sitz' ich auf der Friedhofsbank
und sprech' mit dir von alten Zeiten,
die ihren Schimmer noch verbreiten.
Jetzt bin ich müde, alt und krank.

Mir graut schon vor der nächsten Nacht.
Ich wünschte mir, in meinem Leben
hätt' es dies Jahr nicht mehr gegeben,
das ich hier ohne dich verbracht.

Zu Hause zieht es mich zu dir,
hier bin ich traurig ohne Ende.
Der Gruß, den ich dir heute sende,
ertrinkt nun doch in Tränen hier.

ICH MÖCHTE DIR NOCH MANCHES SAGEN

Für das, was ich dir sagen wollte,
hat *ein* Leben nicht gereicht.
Wenn ich deinem Tod nun grollte,
wäre auch mein Leben seicht.

Wir glaubten soviel Zeit zu haben,
sagten oft "Auf Wiedersehn".
Abschiedsküsse, die wir gaben,
ließen wir im Raume stehn.

So vieles war es, das wir planten,
alles hatte seinen Sinn,
bis wir deinen Tod erahnten.
Jede Hoffnung sank dahin.

Ich musste mich zuletzt beeilen,
jedes Wort bekam Gewicht.
Kaum noch Zeit, es mitzuteilen,
wenn die heile Welt zerbricht.

Für das, was ich dir sagen wollte,
hat *ein* Leben nicht gereicht.
Was ich hier nach dir noch sollte,
weiß ich nun. Es ist nicht leicht.

LIEBE WIRD UNS STETS VERBINDEN

Wie ein frostig-kalter Schauer
aus unendlich tiefem Leid
ist das erste Jahr der Trauer
nun für mich Vergangenheit.

Trotz Bedenken, die wir hatten,
bin ich doch daran gereift,
dass mich diese langen Schatten
aus dem Totenreich gestreift.

In so schicksalsschwerer Lage
wurde mir der Sinn enthüllt,
und ich habe ohne Frage
deinen Auftrag hier erfüllt.

Dich noch besser zu verstehen,
wurde mir dies Jahr geschenkt.
Spürbar hast du das Geschehen,
wenn auch unsichtbar, gelenkt.

Liebe wird uns stets verbinden,
sie bezwingt nicht nur die Zeit.
Wo sich unsre Seelen finden,
gibt es weder Tod noch Leid.

Inhaltsverzeichnis

1 Wenn die Schatten länger werden 7
Ahornbotschaft 16
Das Alter 10
Der Dirigent 15
Es ist später als du denkst 11
Frost 12
Hinter den fernen Gefilden 13
Immortellen 9
Trost 14

2 Ohne dich das erste Jahr 17
Abschied vom Leben 128
Allein 44
Allein in dieser kleinen Stadt 112
Alles ist ungewiss 82
Am Friedhofseingang blühen Rosen 55
An der Jahreswende 131
Anfang September 110
Aus den Rosen rinnt die Zeit 60
Bald ist es auch für mich so weit 120
Bewegt vom Sommerwind 74
Brandmal 73
Chronik eines Todes 19
Das Schild bleibt an der Tür 97
Dein Sohn 76
Deine Briefe 59
Deine Zeit und meine Zeit 96
Der Frühling kommt spät 51
Der letzte Akt 108
Der neue Ton 109

Der Preis des Lebens 30
Der Sommer schreitet langsam fort 87
Der Weg zu dir 28
Dezember 126
Dialog 24
Die Brücke, die uns beide trägt 46
Die erste Herbstzeitlose 115
Die erste Weihnacht ohne dich 130
Die Schatten werden schwer und lang 132
Diese heißen Sommertage 88
Dieser kleine Funke 102
Diese Wandlung 45
Dies kleine Fleckchen Erde 37
Dies tiefe dunkle Schweigen 22
Du bist ein wunderbarer Weggefährte 107
Du lebst hier in so vielen Dingen 78
Du wirst niemals einsam sein 61
Efeu 86
Ein Denkmal für die Dauer 137
Eine andere Welt 80
Ein Gang ohne dich 27
Ein ganz frischer Hügel 26
Ein Geburtstagsstrauß 122
Ein guter Tag 134
Ein halbes Jahr danach 95
Ein lieber Gast 106
Ein neuer Frühling 133
Ein starkes Band 43
Ein Strauß vom Rundbeet 89
Ein zaghaftes Lied an die Freude 100
Eleagnus commutata 58
Ende des Glückes 64

Ende Februar . . . 136
Erster März 1992 . . . 138
Erste Sommertage . . . 67
Freundesgruß . . . 121
Für mich wirst du immer das Wichtigste bleiben . . . 81
Geheimnisvolle Ströme . . . 92
Gewitter . . . 83
Heckenrosen . . . 68
Ich fass es nicht . . . 40
Ich finde nur noch schlichte Worte . . . 94
Ich möchte dir noch manches sagen . . . 139
Ich spreche leise mit dem Wind . . . 116
Ich will dir meine Wärme geben . . . 104
Ich zähle die Stunden . . . 21
Im Herzen leben . . . 56
Keine Stufe . . . 62
Kein Weg daran vorbei . . . 77
Liebe wird uns stets verbinden . . . 140
Mein kleinster Garten . . . 50
Nachtkätzchen . . . 91
Nebel hüllt uns ein . . . 123
Neue Saiten . . . 105
Nichts mehr geschieht jetzt ohne dich . . . 63
Noch hält der Garten mich gefangen . . . 114
Noch immer . . . 99
Noch immer scheue ich die Orte . . . 84
Noch wissen wir es kaum . . . 98
Schlafe friedlich . . . 42
Schwarz auf vergeblichem Grund . . . 32
Sie wissen von nichts . . . 35
Sommertag im Garten . . . 70
Späte Levkojen . . . 118

Stumme Wandlungen 36
Tief unter Schnee und Eis 127
Um uns steht schwarzes Schweigen 41
Und stiller Frieden weit und breit 31
Unsäglich vergeudet 49
Unsere Eberesche 66
Unser Garten 52
Verlierer 54
Vielfalt 72
Vielleicht ist dies alles ein böser Traum 65
Vorauszugehen ist ein Glück 47
Vorweihnacht 129
Was Blüten voller Anmut trieb 23
Weiße Levkojen 57
Wer wird mich jetzt wärmen 119
Wie ein weißes Totenhemd 124
Wie konnte man dich und mich trennen 29
Wirf die Münze 34
Wir wissen nichts von jenem Ort 90
Wir wollen es dennoch 38
Wo du bist, weht es lind 69
Zeit der Trennung 48
Zeit, die ich noch brauche 101
Ziellos 79